泉州文庫
選平題

（明）張之象等 著

陳煒等 點校

汗漫吟（外三種）

泉州文庫整理出版委員會 編

商務印書館

前 言

泉州建制一千三百多年,爲中國歷史文化名城和古代海外交通的重要港口。"比屋弦誦,人文爲閩最",素稱海濱鄒魯、文獻之邦。代有經邦緯國、出類拔萃之才,歐陽詹、曾公亮、蘇頌、蔡清、王慎中、俞大猷、李贄、鄭成功、李光地等一大批傑出人物留下了大量具有歷史、文學、藝術、哲學、軍事、經濟價值的文化遺產。據不完全統計,見載於史籍的著作家有一千四百二十六人,著作多達三千七百三十九種,其中唐五代二十九人三十二種,宋代二百人三百九十一種,元代二十一人四十種,明代五百三十六人一千五百八十五種,清代六百四十人一千六百九十一種;收入《四庫全書》一百一十五家一百六十四種,《四庫全書存目叢書》五十六家七十四種,《續修四庫全書》十四家十七種。二〇〇八年國務院頒布第一批國家珍貴古籍名錄,屬泉人著述、出版者十三種。

遺憾的是,雖然泉州典籍贍富,每一時代都有一批重要著作相繼問世,但歷經歲月淘汰、劫難摧殘,加上庋藏環境不良,遺存至今十無二三,多成珍籍孤本。這些文化遺產,是歷史的見證,是泉州人民同時也是中華民族的寶貴文化財富,亟待搶救保護,古爲今用。

對泉州地方文獻的搜集與整理,最早有南宋嘉定年間的《清源文集》十卷,明萬曆二十五年《清源文獻》十八卷繼出,入清則有《清源文獻纂續合編》三十六卷問世。這些文獻彙編,或已佚失,或存本極少。二十世紀四十年代,泉州成立"晉江文獻整理委員會",準備整理出版歷代泉人著作,因經費短缺未果。八十年代,地方文史界發起研究"泉州學",再次計劃編輯地方文獻叢書,可惜後來也因爲各種條件的限制,其事遂寢。但是這兩次努力,爲地方文獻叢書的整理出版做了準備,留下了珍貴的文獻資料和書目彙編。

二〇〇五年三月,中共泉州市委、泉州市政府決定將地方文獻叢書出版工作列爲國民經濟和社會發展第十一個五年規劃的一項文化工程。翌年,正式成立"泉州地方典籍《泉州文庫》整理出版委員會",着手對分散庋藏於全國各大圖書館及民間的古籍進行調查搜集,整理出《泉州文庫備考書目》二百六十七家六百一十四種,以後又陸續檢索出遺漏書目近百家一百八十餘種。經過省内外專家學者多次論證,最後篩選出一百五十部二百五十餘種著作,組成一套有一定規模、自成體系、比較完整,可以概括泉人著作風貌、反映泉州千餘年文化發展脉絡的地方文獻叢書,取名《泉州文庫》,二〇一一年起陸續出版發行。

整理出版《泉州文庫》的宗旨是:遵循國家的文化方針政策,保護和利用珍貴文獻典籍,以期繼承發揚中華民族優秀文化傳統,增進民族團結,維護國家統一,提高民族自信心和凝聚力,加强社會主義核心價值體系建設,增强文化軟實力,爲泉州的物質文明和精神文明建設服務。

《泉州文庫》始唐迄清,原著點校,收録標準着眼於學術性、科學性、文學性、地域性、原創性、權威性,具有全國重要影響和著名歷史人物的代表作優先。所録著作涵蓋泉州各縣(市、區),包括金門縣及歷史上泉州府屬同安縣,曾在泉州任職、寄寓、活動過的非泉籍人氏的作品,則取其内容與泉州密切相關的專門著作。文庫採用繁體字橫排印刷,内容涉及政治、經濟、歷史、地理、哲學、宗教、軍事、語言文字、文化教育、文學藝術、科學技術等領域,其中不乏孤稀珍罕舊槧秘笈,堪稱温陵文獻之幟志。

值此《泉州文庫》出版之際,謹向各支持單位、個人和參加點校的專家學者表示誠摯的感謝!由於涉及的學科和内容至爲廣泛,工作底本每有蛀蝕脱漏,加之書成衆手,雖經反復校勘,但限於水平,不足或錯誤之處還是難免,敬請讀者批評指教。

泉州地方典籍《泉州文庫》整理出版委員會
二〇一一年三月

整理凡例

一、《泉州文庫》(以下簡稱"文庫")收録對象爲有關泉州的專門著作和泉州籍人士(包括長期寓居泉州的著名人物)著作,地域範圍爲泉州一府七縣,即晋江(包括現在的晋江市、石獅市、鯉城區、豐澤區、洛江區)、南安、惠安(包括泉港區)、同安(包括金門縣)、安溪、永春、德化。成書下限爲一九四九年九月以前(個别選題酌情下延)。選題内容以文學藝術、歷史、地理、哲學、政治、軍事、科技、語言教育等文化典籍爲主,以發掘珍本、孤本爲重點,有全國性影響、學術價值高、富有原創性著作優先,兼及零散資料匯總。

二、每種著作盡量收集不同版本進行比較,選擇其中年代較早、内容完整、校刻最精的版本爲工作底本,并與有關史籍、筆記、文集、叢書參校,文字擇善而從。

三、尊重原著,作者原有注釋與説明文字概予保留。後來增加者,則視其價值取捨。

四、凡底本訛誤衍漏,增字以[　]表示,正字以(　)表示,難辨或無法補正的缺脱文字以□表示,明顯錯字徑直改正,均不作校記。

五、凡底本與其他版本文字差異,各有所長,取捨兩難,或原文脱訛嚴重致點讀困難,或史實明顯錯誤者,正文仍從底本,而於篇末校勘記中説明。

六、凡人名、地名、官名脱誤者,均予改正,訛誤而又查不到出處之人名、地名、官名及少數民族部落名同異譯者,依原文不予改動。

七、少數民族名稱凡帶有侮辱性的字樣,除舊史中習見的泛稱以外,均加引號以示區别,并於校記中説明。

八、標點符號執行一九九六年實施的國家《標點符號用法》。文庫點校循新版二十四史及《清史稿》例,一般不使用破折號和省略號。

九、原文不分段者，按文意自然分段。

十、凡異體字、俗體字、通假字，如非人名、地名，改動又無關文旨者，一般改爲通用字；異體字已經約定俗成、容易辨認者不改。個別著作爲保持原本文字語言風貌，其通假字則不校改。

十一、避諱字、缺筆字盡量改正。早期因避諱所産生的詞彙成爲習慣者不改正。

十二、古籍行文中涉及國家、朝廷、皇帝、上司、宗族等所用抬頭格式均予取消。

十三、文庫一般一册收録一種著作，篇幅小的著作由兩種或若干種組成一册，篇幅大的著作則分成兩册或若干册。

十四、文庫採用横排、繁體字印刷出版。每册前置前言、凡例。每種著作仿《四庫全書》提要之例，由編者撰寫《校點後記》，簡略介紹作者生平、著作内容及評價、版本情况，説明其他需要説明的問題。

泉州地方典籍《泉州文庫》整理出版委員會辦公室

二〇〇七年二月五日

目　錄

汗漫唫 …………………………………………… 1

定光禪院小紀 …………………………………… 117

歸囊遺稿 ………………………………………… 143

玉蘭館詩鈔 ……………………………………… 175

汗漫唫

目　　錄

汗漫唫初集延建草 …………………………… 19
　小引 ……………………………… 丁啓濬　19
　汗漫唫小序 ……………………… 李叔元　20
　序 ………………………………… 黄景昉　21
　題辭 ……………………………… 張瑞圖　22
　叙言 ……………………………… 李鍾衡　23
　　劒州集寗鶴徵春元齋樓 …………………… 24
　　陶剡曲公祖以通家下榻，兼惠佳章，次韻奉和 …… 24
　　送三山友人陳洪鍾省試 …………………… 24
　　送浪雲上人遊武夷 ………………………… 24
　　黄汝遴同浪雲入武夷 ……………………… 24
　　客黄弢融齋中 ……………………………… 25
　　同謝許山大行飲建州解司理公祖席上，次韻 …… 25
　　同黄弢融諸君遊黄華山，登白衣閣，贈二上人 …… 25
　　黄花寺慧光上人新棄儒入釋，是宿根了悟人也，贈三絶 …… 25
　　送長正任孫會試北上 ……………………… 25
　　建安徐在菴父母席上會宣城吕霖生孝廉，次韻贈别 …… 25
　　月夜與浪雲上人敘話，時上人且遊武夷 …… 26
　　同王久亨、楊叔照、黄汝遴及浪雲上人遊黄華山 …… 26
　　讀徐在菴父母德政編，種種異蹟，欣然賦贈 …… 26
　　楊學憲商澹先生招飲，賦謝 ……………… 26

3

雨後邀楊叔照、王久亨、謝栗甫、顏煥之及家侄程侄客齋小集 …… 27
送爲程侄會試北上 …… 27
黃弢融昆玉適館授餐，賦謝 …… 27
江樓雨漲 …… 27
溪艇垂釣 …… 27
同李雲卿登飲高臺 …… 27
客齋閒寂，晝夜酣睡，却賦 …… 28
佳人行贈五卿 …… 28
憶果亭、高陽諸君及李平子諸中表 …… 28
感懷 …… 28
七夕獨酌，憶兒、侄應試會城 …… 28
賤生 …… 28
新裝詩韻 …… 29
直如弦 …… 29
中秋夜坐 …… 29
坡公謫海南，月夜叩羅浮道院，因吟杜子美四更山吐月殘夜水明樓詩，以爲古今絕唱，遂因其句作五首，仍以殘夜水明樓爲韻。余客棲雲樓，山月高映，聊試效顰，以供捧腹 …… 29
閨怨 …… 30
九日江右黃明初山人過訪 …… 30
重陽後一日得二水伯兄家信 …… 30
憶家 …… 31
蘇弘齊到，道爲龍侄嫡、妾雙孕有喜，却賦 …… 31
看菊 …… 31
別友人後却賦 …… 31
主人出訪渭圖索題，得五絕 …… 31

題主人壁	32
樓中苦雨	32
留峰叔侄招遊紫桂庵，得四絕	32
爲紫桂庵虛一上人作	32
上人喜譚詩，出其近作相證，歌以訊之	32
友人秋闈落魄，歌以慰之	33
黃昏憶家	33
壽南平張九山父母	33
磨鐵如意吟	33
冬至後二日	33
至後甯鶴徵孝廉招飲高臺	33
補衣篇	34
友人以八畫索題，走筆應之	34
寄壽惠安葉匡洤父母	35
林中秘慎日寅丈戊辰秋同余奉使出都門，長途追隨。茲復以使事南還，相遇劍州，慨然有感	35
賦別陶剡曲公祖	35
南還舟次，兩岸鳥音，作禽言	35
題山寺次壁間韻	36
過大田驛，西風凜冽，村酒薄惡，有感却賦	36
莆陽道中	36

汗漫唫二集清漳草 37

序言	張 燮	37
張蓮水先生詩序	林胤昌	38
訪張紹和孝廉虎砣巖		39
同黃孝翼山人飲紹和藏真館，兼訂萬石看梅之約，共用期字		39

客方丈中，友人以春閨幽恨畫卷索題，率爾口占，得三十絕，想到
　　輒書，冗無詮次，大抵閨恨旅懷，情之所至，不甚相遠也 ……… 39
醉鄉唫 ……………………………………………………………… 42
訪陳南岳孝廉灌園山房 …………………………………………… 42
同黃孝翼、杜仲醇二山人訪張紹和萬石新築山房 ……………… 43
過萬石，瞻拜張幼清墓下。幼清總角遊半海內，品題名山，著作
　　如林。文人不壽，言之愴然 ………………………………… 43
龍溪徐蓼莪明府再下榻蕭寺，席次譚及林小楚、施二健，二文學
　　來訪。二君為徐乙榜門人，予知交也，故深為致意云 …… 43
題畫 ………………………………………………………………… 43
王汝真頻來相訪，年少放達，歌以志勖 ………………………… 44
梁楷林明府以福安上考移海澄，除夕華誕，寄贈 ……………… 44
水墨一軸寄壽梁明府。原欵題溪雲初起日沉閣，山雨欲來風滿樓，
　　或謂與壽意無涉，因題一絕于上 …………………………… 44
迫除抵家，夜為諸昆招飲 ………………………………………… 44
建州友人黃發融遠函相問，且以余往所復某直指書稿，災木見寄，
　　爰賦長韻，以代報章 ………………………………………… 44

汗漫唫三集北遊草 …………………………………………… 48

題辭 ……………………………………………… 曹　勳　48
序 ………………………………………………… 陳于鼎　49
題辭 ……………………………………………… 張瑞圖　50
秋間將有吳越之遊，伯氏扇頭贈歌，次韻和別 ………………… 51
莆陽道中 …………………………………………………………… 51
三山陳石夫世丈留酌署中 ………………………………………… 51
小金山訪浪雲上人不遇，其弟子東生留談 ……………………… 51
小金山逢黃汝遴山人 ……………………………………………… 51

三山朱蛟雲留歠,見其二子 …………………………………… 52

建安徐在菴大令奏滿入會城,二日竣事,賦賀 ………………… 52

劍州丘羅浮游淡如席上口占,贈艷粧花卿 ……………………… 52

鄭宮贊大白奉使楚回,相晤建州,時服餌舟中 ………………… 52

寄二水伯兄家信 …………………………………………………… 52

建州邂逅新安畢鍾巒孝廉,聯舟北上 …………………………… 52

舟次別小玉花卿 …………………………………………………… 52

酣歌行 ……………………………………………………………… 53

旅中賤生 …………………………………………………………… 53

望江郎石 …………………………………………………………… 53

同畢鍾巒孝廉過仙霞嶺 …………………………………………… 53

九日瀫水舟中 ……………………………………………………… 53

過釣臺 ……………………………………………………………… 54

客有詢伯氏山中情況者 …………………………………………… 54

客又訊伯氏山中生涯者 …………………………………………… 54

岳墳吊古 …………………………………………………………… 54

烟雨樓獨眺 ………………………………………………………… 54

松陵夜樟 …………………………………………………………… 55

虎丘紀懷 …………………………………………………………… 55

毘陵謝別管誠齋太史,兼求名筆 ………………………………… 55

過胡雪田大行舟中,出二畫率爾求題,一爲水墨,一爲桃源圖也 …… 55

舟次逢吳鞱菴世兄補調北上,取道京口,兼呈周芮公司李 ……… 55

蘭陵舟次晤陳實菴太史 …………………………………………… 56

陳實菴太史贈言別後有懷,和韻却寄 …………………………… 56

從都中來者,爲悉近日宮府事,且述閔冢宰、熊中樞罷職,沈宣撫被

繫,謝登撫陷賊。近報陳總憲、曹經督被斥,馬宣撫又緹騎下逮,

皆秋間事也。有感却賦 …………………………………… 56

　讀睢陽張、許二公傳,追感遼陽往事 …………………………… 56

　倚劒行 ……………………………………………………………… 56

　檇李寺中柬平湖賴宇肩明府 ……………………………………… 57

　檇李祥符寺中 ……………………………………………………… 57

　中秋武林別畢鍾巒,茲再晤檇李,兼訂黃山之遊 ……………… 57

　柬曹允大太史,兼爲北上勸駕 …………………………………… 57

　秀水王蒙修使君招飲 ……………………………………………… 58

　迓建州周認爲公祖 ………………………………………………… 58

　同廣陵楊贊皇孝廉赴王大令之招 ………………………………… 58

　楊贊皇贈言,次韻更和 …………………………………………… 58

　客中聞鄭宮贊大白兄之變,知交零殘,賢哲凋謝,天涯賦慟,不知涕
　　泗之無從也 …………………………………………………… 58

汗漫唫四集 當湖草 …………………………………………………… 59

　題詞 ………………………………………………… 韓　敬　59

　序無美張先生雪唫 ………………………………… 楊允升　60

　施存梅師相下欵,且出其兒孫陪席,賦謝 ……………………… 61

　施叔允世丈招飲,座有風鑑倪君 ………………………………… 61

　客平湖德藏寺中,歲行盡矣,雨雪凄然,杖錢無多,爐煙不蓺,日與
　　癡僕作楚囚相對,強自吾伊,聊消旅寂,得三十絕,覆瓿之業,祇
　　供觀者捧腹耳 ………………………………………………… 61

　雪中懷賴宇肩使君,時以奏滿入會城 …………………………… 64

　雪唫呈雪溪胡吉雲司李 …………………………………………… 64

　雪唫呈歸安張古岳大令 …………………………………………… 64

　雪唫呈韓求仲太史,兼求玄晏 …………………………………… 64

汗漫唫五集 茗上草 …………………………………………………… 65

| 汗漫唫小叙 | 胡守恒 | 65 |
| 序 | 張孫振 | 66 |

 訪韓求仲太史 …… 67
 客苕溪道院作 …… 67
 臘月念七日立春，留飲莆中黃若木孝廉 …… 67
 菰城除夕 …… 67
 菰城元日 …… 67
 寄賀冒嵩少大行擢南銓部 …… 68
 燈節後一日，張古岳招飲衙齋，久雨，見新月 …… 68
 春郊即事 …… 68
 續夢 …… 68
 種蘭 …… 68
 爲爱静道人種蘭作 …… 69
 四思詩悼亡友也 …… 69
 自寬 …… 73
 舟次晤中州沈予諷太學，邀酌蕭寺 …… 73
 苕上試泉茶歌 …… 73
 楊贊皇雨中投詩索和 …… 74
 袁秋浦、楊贊皇、吳發明招遊毘山 …… 74
 袁秋浦山人以小影索題 …… 74
 從鄰舍乞得紅牡丹、白繡毬二枝 …… 74
 楊贊皇雨中同赴胡吉雲司李之招，以詩見投，次韻答之 …… 75
 潘次蘭文學寫梅索題 …… 75
 留飲秣陵荆實君孝廉，適楊贊皇見過，同酌 …… 75

汗漫唫六集武林草南還草附 …… 76
 題辭 …… 周鳳翔 76

| 武林草叙 | 譚貞默 | 77 |
| 序 | 吴載鰲 | 78 |

吴皭菴明府晚酌湖上 …… 79
贈錢塘魏蒼雲大令 …… 79
讀吴仲濤比部監兑疏刻 …… 79
吴仲濤訂飲湖上，阻雨不果 …… 79
潘次蘭文學自茗上來訪，兼寄諸知己 …… 79
吴皭菴見余四思詩，以詩見投，有不平之憾、指點之語，次韻答之 …… 79
湯穉常孝廉、穉舍太學招飲湖舫，遇雨 …… 80
七夕詞 …… 80
光福庵屏石上人以閩僧入越，開山結寺，詩字亦工，歌以贈之 …… 80
訪屏石上人菴中，偶纔出門往天竺，留題几上 …… 80
秋日湖上即事 …… 80
秋初吴皭菴席上訐李仲悔北上秋闈，未到 …… 80
過李我存先生山莊，見老鶴壞翅，慨然有作 …… 81
湖上獨眺 …… 81
送阮霞輿司李按部會稽，時海警頻報 …… 81
于墳吊古 …… 81
病起，戴虞正文學招飲放鶴亭 …… 82
仲秋送戴虞正還新安，兼呈畢鍾巒孝廉，曾約今春爲黄山之遊 …… 82
秋思 …… 82
李仲右遠緘相問，并投一絶，次韻寄答 …… 82
晤譚工部掃菴，兼乞敘言 …… 82
周夢坡文學小影索題 …… 82
中秋有懷 …… 83
偶占 …… 83

吴鹪苍、仲涛二兄訂以賤生携觴	83
賤生獨酌	83
南來人爲道李平子以鴻鯉久疎見訝,不謂風塵牛馬中,尚有知己見念者	83
吴鹪苍以銀瓶井詩見示,次和	83
爲程侄將以季夏會試北上,計期入武林當在中秋,杳然有懷	83
夜坐偶成	84
周巢軒太史晤次細詢伯氏動履,賦此答之	84
贈黎博菴學憲	84
送湯稺常孝廉北上	84
爲程、長正二侄會試到武林,留酌湖寺,適吾閩新榜至,見爲龍、爲濟二侄並捷,志喜	84
楚衲彥白閩歸,出近草相示	85
彥上人爲道來歲再入閩,開講建州	85
崑山伊文素文學貧,隱於繪,骯髒之氣,時見鬚眉,歌以勗之	85
錢塘看潮	85
客問	85
答客	85
湖上即事	86
南還過七里壠(瀧)	86
龍游舟中,竟日如注,一葉飄浮,似入水國中	86
信安兩岸柏樹經霜,碧葉殷紅,珠實纍垂,一望爽然	86
清湖泊岸	86
清湖旅滯	87
路逢周台石京兆,以久旅相憐	87
枕上聞雨	87

過大芋嶺 ………………………………………………… 87

　　過仙霞嶺 ………………………………………………… 87

　　夜宿灘頭 ………………………………………………… 87

　　建州舟次逢沙縣程黃輿父母入覲 ………………………… 87

　　浦城逢周認為公祖入覲 ………………………………… 88

　　過黯淡,宿劍津 ………………………………………… 88

　　為龍、為濟二任北上,寄謝浦城楊無山大令。前曾以宦稿相示,

　　　而二任秋榜俱出其門 ………………………………… 88

　　偶題 ……………………………………………………… 88

　　莆陽旅店 ………………………………………………… 88

汗漫唫七集轉蓬草 ……………………………………… 89

　　序言 ……………………………………………… 周昌儒 89

　　過錦田,訪長正姪孫新第假歸 …………………………… 90

　　過玉獅嶺 ………………………………………………… 90

　　贈侯官趙玉潊明府 ……………………………………… 90

　　登平遠臺 ………………………………………………… 90

　　贈徐在菴明府 …………………………………………… 90

　　似張群玉明府 …………………………………………… 90

　　送楚衲彥白與徒大車開講建州 ………………………… 91

　　張群玉邀酌西園 ………………………………………… 91

　　林繻台世丈初度,仲氏徵君寫壽意索題 ………………… 91

　　徐在菴以詩冊索題 ……………………………………… 91

　　福唐林建侯尊人亮夫,隱德君子也。移居洪江,至後初度,釀詩

　　　為壽 …………………………………………………… 91

　　送徐在菴明府 …………………………………………… 91

　　楊康侯新第假歸,三山晤集,時以風雅相政。余且理棹入劍州,臨別

却賦	92
李玄同詩丈以詩見投，次韻酬之	92
送樊紫蓋觀察視汛福寧，偶感時事	92
贈張肅將明府，次其來韻	92
讀林建侯兩秋吟	92
客中留酌李玄同、黃汝遴二社丈	93
章岵梅觀察招飲，賦謝	93
林茂之詞丈同赴張群玉明府之招，翌辰以詩見投，次韻爲和	93
張群玉招同徐在菴、林茂之酌薛家園亭却賦	93
旅舍招徐在菴、張群玉、張肅將三明府同酌	94
月下獨酌	94
旅中即事	94
留酌黃汝遴社丈	95
憶家	95
早梅	95
偶題	95
至日獨坐	95
林徵君世丈晚來招飲，曙鍾始散	95
盆中古梅紅白初放，招徐在菴、張群玉共賞	96
讀洪江社詩刻，賦呈曹能始觀察	96
三山藍任夫、鄭孝直、陳偉卿、林豹生諸詩丈同來見訪	96
贈徐在菴明府	96
贈忘機周道人	96
贈福安巫疑始明府考最	97
松石歌壽胡厚菴藩伯老師	97
壽福唐林徵君世丈初度	97

晚泊小金山，憶浪雲上人 ……………………………………… 98
舟過劍浦，訪丘羅浮、諫甫二世兄不遇。時送葬山中 ………… 98
過延津，憶故友甯鶴徵孝廉 …………………………………… 98
秋間將出門，前數日爲賤生，伯氏以詩見贈。舟中無事，憶韻次和
　……………………………………………………………… 98
劍浦行懷張群玉明府 …………………………………………… 98
酌游淡如樓上，同丘羅浮次壁間韻 …………………………… 99
張群玉遠函相寄，知亂兇正法，真知己一大快事 …………… 99
俠士行爲游淡如太學題小影 ………………………………… 100
七夕丘羅浮諫甫邀酌，分得多字 …………………………… 100
七夕偶成 ……………………………………………………… 100
劍州鄭甘澍司李見招 ………………………………………… 100
丘几菴孝廉自順昌前後，三以杞菊名醞見餉 ……………… 100
丘几菴出其長公元啓君詩刻相示，并命作贈歌見寄，次韻酬之 …… 101
鄭紹虞明經爲賤生贈言，次韻賦謝 ………………………… 101
秋夜有懷，寄二水伯兄 ……………………………………… 101
劍州客中留酌張肅將明府 …………………………………… 101
中秋丘羅浮招游淡如及嚴陵毛止山學博酌月 ……………… 101
同游淡如登東岳宮 …………………………………………… 102
同游淡如登百角樓 …………………………………………… 102
百角樓望火場煨爐，兼傷西北近事 ………………………… 102
不寐 …………………………………………………………… 102
九日游淡如招同趙心可別駕遊溪南諸峰，登玉皇閣，酌關聖樓，
　共用先字，得二十八韻 ………………………………… 102
九日登玉皇閣，適鄭甘澍司李以青州見餉，次趙心可別駕韻 …… 103
張群玉明府旦晚歸蜀，余亦且南還，旅中賦別 …………… 103

老僕到，爲言廣陵妾寄聲，因代寄十絶。以旅懷揣閨思，情固不甚相遠耳 …………………………………………………………………… 103

武林柴文伯光禄同赴鄭甘澍司李之招 ………………………………… 104

枕上聽雨，立冬前二日 …………………………………………………… 104

建州客次，邀三山林狷菴明府，清漳徐晉斌孝廉，同邑郭太希文學、楚衲彦白過集，適蕋仙、素卿二花卿亦至，分得絃字 ……………… 104

鵝湖張玄樞、王堯臣、張僑陽、張樞垣、邵又伯、李獻之、嚴還真、徐子實、張仲純諸舊社丈先後招飲，賦謝 ………………………… 104

鵝湖晤應宋符直指入閩關 ………………………………………………… 105

歲晚東蔡培自大令 ………………………………………………………… 105

除前一日戌夜立春 ………………………………………………………… 105

出西關，憶故友李倩玉庶常 ……………………………………………… 105

王堯臣社丈以屢刖改今名，額其軒曰明致，求家伯氏爲書，此戊辰間事也，去今幾十年矣，面目猶然，感慨共之，率爾贈題，用相慰勖 …………………………………………………………………………… 105

徐又玄牧伯，忠厚博雅君子也，晚年始得子實兄弟。子實少從余遊，別纔七年耳，門户凌遲，大非昔日李獻之相告曰，子實是吾黨中最意氣朋友。廿載知交，可無一言相勖？聊賦一律 ………… 105

夜夢入試塲作論語題，枯腸抽索，覺而記之 ………………………… 106

賀武夷暨翁林母五十雙壽 ………………………………………………… 106

將遊武夷，錢悝來大令先馳檄山中羽士，爲信宿之留 ……………… 106

棹到九曲溪頭，羽士出迎 ………………………………………………… 106

登會仙閣 …………………………………………………………………… 106

望玉女峰 …………………………………………………………………… 106

望架壑船 …………………………………………………………………… 106

登接笋峰 …………………………………………………………………… 106

登天游,觀呂仙閣 …………………………………… 107
午到城高菴,風雨驟至,空谷上人款飯 ………………… 107
入小桃源洞 …………………………………………… 107
登考亭書院晚宿 ……………………………………… 107
再宿冲玄觀,道士邀酌 ……………………………… 108
冲玄觀壁上見舅氏李還素同卿墨竹數竿,題句一絶。二妙長存,
　　九原不作,渭陽之情,慨然次和 ………………… 108
別武夷居 ……………………………………………… 108
別冲玄觀道士 ………………………………………… 108
武夷紀遊 ……………………………………………… 108

汗漫唫八集臨汀草 ………………………………… 109

叙言 ……………………………………… 胡爾愊 109
上九龍灘 ……………………………………………… 110
除夕入臨汀,夜宿定光寺 …………………………… 110
元日蕭寺 ……………………………………………… 110
贈笪我真郡伯考滿 …………………………………… 110
謝笪我真郡伯見餉 …………………………………… 110
偶過强賓廷隱君齋頭,地僅容膝,花事石根,幽趣遠韻,致足樂也
　　…………………………………………………… 111
客中苦雨 ……………………………………………… 111
攜榼過賓廷齋頭 ……………………………………… 111
訪京口談長益詞丈客齋,兼致乞言 ………………… 111
上元新晴 ……………………………………………… 111
疑晴 …………………………………………………… 111
胡厚菴右轄老師開歲躬閲山城諸隘口,經旬霖雨,無停晷。元夕
　　回旌,招飲衙齋,雲開月朗,夜分始散,賦此爲謝 ……… 112

16

山門有醉僧來,林大年參軍訝其酩酊,戲爲嘲之 …………… 112

戲爲醉僧答 …………………………………………………… 112

酹强賓廷齋頭口占,贈淡雅花卿 …………………………… 112

戲爲淡雅問賓廷 ……………………………………………… 112

戲爲賓廷答淡雅 ……………………………………………… 112

戲爲兩家和解 ………………………………………………… 112

新晴登北城樓,懷笪我真郡守 ……………………………… 113

許儀卿以名孝廉屈就學博,出近刻見示 …………………… 113

馬沐生,汀名士也,數奇未遇,過其山齋,歌以志慨 ………… 113

上巳笪我真郡伯招遊玉屏山寺 …………………………… 113

蕭寺即事 ……………………………………………………… 113

客中懷張群玉大令旅滯三山,覓鴻却寄 …………………… 113

雪鏡上人索詩,信筆得四偈 ………………………………… 114

夜坐偶成 ……………………………………………………… 114

入清流,客裴聖之孝廉天鏡堂,水光瀲灩,竹樹參差,追林下之遺縱,發濠上之逸興,爰賦四韻,以消旅懷 …………… 114

留酹王龍居舟中,適裴聖之次韻見投,王即席賦和,余更爲續貂 …………………………………………………………… 114

病中王龍居攜詩過訪,留酹次和 …………………………… 115

莆中林千里、曾豸甫二山人攜楮過訪,以水墨篆章及扇頭詩歌見貽 …………………………………………………… 115

伍君曉孝廉席上小元花卿年纔十一,而姿度閒雅,口齒清歷,向余誦人贈詩,依稀不能記憶,但口中刺刺云甚箇女兒甚箇嬌,用作起語,贈之四絶 ……………………………… 115

清流鄧六水大令迎其太翁就養,稱觴上壽,爰賦俚言,以佐洗腆 …… 115

客天鏡堂,留酹裴聖之漪園昆玉,適伍君曉攜星星花卿過訪,即席

共用星字 …………………………………………………… 116
午日鄧六水大令攜觴裴園,賦謝 …………………………… 116
端午後二日,裴聖之漪園昆玉招王龍居攜榼過訪,即席分得春字
………………………………………………………………… 116
王龍居山人以前後二小影,其一倚馬,其一獨立,合册索題 ……… 116
棹回永安,遊桃源洞 ………………………………………… 116

汗漫唫初集延建草

小　　引

　　吾閩自劍津以上,烟巒回合,川無静流,舟行人語,如在輕綃六幅中。自昔令君夢筆生花,從事博物標志,陸生茶隱,梅尉仙游,騷客真人,於焉窟宅,靈文秀色,流艷千秋。勝蹟之與韻事,其相待而不朽者。

　　無美君客建安數月,即景拈韻,得詩若干首,薈撮成帙,謂此山川丹碧之助,不可使無美蹲鳳池,不去勞勞原隰,或遂擁東方千騎,將拮据治行,分張吏之席且不暇,安所得琅玕美言而標之? 阿奢火攻,第五名亞,無畫相君題無美詩有高常侍之評,善畏之也。余不知詩,適無美以刻帙見示,倚柱讀之,覺山川靈氣每隱躍行墨間,輒爲色動。何當裹一月糧,躡無美游屐所至,天牖其愚,或有隻言半字可忝餘韻焉,未可知也。無美其許之否?

　　平圃居士丁啓濬。

汗漫唫小序

　　異時張無美爲經生，言鋒勁而韻鈜，余曾許其所就當使兄稱難而舅成相，蓋張君即無畫先生之弟，而太僕、奉常翩翩二李之甥也。既佹遭伯樂再顧，而佹失之，乃超乘而爲黃金臺之游，亦無所遇。以股肱推恩，班池上一毛，而翀天驚人，又未盡舒發其蛬鳴。客歲，與余邂逅于建州，馬首出所爲《汗漫唫》相視，多即席倚樓之作，而丹崖緑磯復點綴奚囊。余笑謂："宋經生乃作唐行卷邪？君家平泉，何可無此醒酒？"今歲，又先余馬首南矣。余與無畫居連村，山可躡屐，水僅容刀。將約君入簑笠社，而君壺口未軟，尚擬携匣中琴劍爲咸陽國門之懸。夫青萍售薛，而焦桐逢蔡，當世何必乏冰鏡！試以余言符之。

　　辛未長至前，與鹿山人李叔元書。

序

　　昔稱山陰道上應接不暇,吾閩延、建之間亦如之。其佳處不盡在武夷,郵落溪村,岸容磑響,種種幽勝。然來往其間,真能悄然於秋冬之際者,蓋亦難矣。日者,張無美中翰以還使阻,栖遲閱月,遂慨然撮其勝而筆之詩,而後延、建之韻事稍出。史黄子讀而異之,曰:古者游必有紀。名山水,佳文章,往往相發,其強弱勝負之數,亦有不可得而齊者焉。韓退之登華山,至青柯坪,狂悖痛哭,不獲措一語而還,山水魄大,才不足以降之也。柳子厚得一黃溪鈷鉧潭,點綴張皇,寫無遺髮,然其地實荒惡,游罕繼者。文章力雄,地不足以起之也。惟李太白《敬亭》、杜子美《秦川》、大蘇《赤壁》,之三者,人地悉敵,不讓銖黍。無美試以是自評,宜何居也？語云:"何知仁義,饗利有德。"無美詩誠工,即未遽頡頏前賢,然吾觀延、建山靈之迫,欲無美詩不啻巧矣。方無美脂車時,意飄飄在三江五嶽間,豈復存延、建哉！山水有靈,乃藉手不知己者,固駐之強而就此。夫奪人之遇以發其才,譬投轄留賓,法不爲無過,然佳趣可念也。士寧大得志於時乎,抑將爲山水衿契？無美試以自較,又宜何居也？

　　無美年五十始工詩,詩自延、建始。五十以前,不敢以他歲月争,延、建之外,亦不敢以他山水争,機緣遲速,有數存焉。即無美寧自知所至,然余觀無美才具颷發,神意岸然,似非延、建所宜久私者。三江五嶽自在也,願益勉爲之,無使人謂"詩思僅五百里内"。余不佞,請以一介先馳,爲武夷君束開函谷。

　　壬申春仲,湘隱居士黄景昉拜題。

題　　辭

　　無美舍弟未嘗爲詩，茲其客歲客建州所爲作也，宴集酬答、尋幽攬勝之什居多，率遒逸酣暢而時發抒無聊感慨，悲邑亦露一二焉。太僕李鹿巢先生謂余曰："無美令弟才氣高邁，使與近日海內諸名家旗鼓相當，猶未知逐鹿。即如令弟年方得意，去者何限？而君以愛弟之故，反俾之戰守失據，進退維谷，良可惜耳。"不佞曰：良然。吾亦恨之。相知君子觀是刻者，益信太僕言不誣也。昔唐高達夫年五十，始爲詩即工，一篇出，好事者競傳之。歷官諫議、刺史、節使，俱有聲實。然其膾炙人口，至今稱高、岑者，固在此不在彼。吾弟爲詩之年偶同達夫，以達夫之不待官而傳者自勉，爲吾解嘲，其亦可也。

　　辛未仲秋，白毫菴居士瑞圖書。

叙　　言

　　《汗漫唫》者,中表張無羙旅滯延、建遣興之作也。無羙少有慷慨豪氣,出語驚人,爲吾黨祭酒。迫五刖棘闈,再躓乙榜,遂棄而入北雍,復困數載。其伯氏師相先生素篤友于,尤念其才高數奇,會聖主龍飛新春,移恩中秘。戊辰秋奉使過里,庚午夏報命北上,適多毛疵師相先生者,因趑趄中途,滯延、建數月,迫除夕抵家。訪余拙圃中,殊不心酸鼻攢眉態,而高談雅藝,更出言表。嗣出《汗漫唫稿》相示。一再讀之,優柔恬淡,於世界升沉,了不相關,大多得於興、觀、怨、群之旨者。余以光高木難,豈容私秘,急攘而畀之殺青,以公衆同好。然師相先生狄梁、韓魏之勳,中秘無留全璧,豈容終玷。無羙將且陟清要,佐明主,樹不朽以爲吾黨光,當更多廟堂清移之風,膾炙人口,豈惟此一斑一臠,第窺豹嘗鼎者,則此吟雖未足以盡無羙,而無羙之大略盡於此。

　　拙圃居士郙尤生平子李鍾衡拜書。

劍州集甯鶴徵春元齋樓

危樓秀色鬱嵯峨，劍氣遥衝北斗過。千嶂插雲凌彩筆，一溪廻綺瀉天河。燕臺指應懸金募，齊相奚煩叩角歌。登眺到來題短句，雷門摑鼓可如何。

陶剡曲公祖以通家下榻，兼惠佳章，次韻奉和

蘭亭詞學稱淵海，風流遠宗彭澤宰。滿床牙笏世聯翩，不數鉅公登鼎鼐。劍州司馬更白眉，四韻八法兼絕奇。舌尖沈宋供役使，指上鍾王鬥鋒姿。甘雨和風一路灑，平舖禾稼遍綠野。興伴琴鶴簡圖書，閑拋案牘尋詩社。有時白眼傾樽罋，嵇阮之間見伯仲。若以凡才舉似君，何殊榛楛視樑棟。醉我醍醐吸長鯨，當杯贈我古歌行。時艱政藉經綸手，未許海客訂鷗盟。

送三山友人陳洪鍾省試

昔托司城主，差池各一天。風塵吾老矣，意氣君昂然。金馬著鞭日，搏羊去息年。故人慇慰望，翹首白雲邊。

送浪雲上人遊武夷

何事芒鞵踏遠遊，爲尋名蹟探丹丘。向來簟枕十年夢，此去雲烟一杖收。六六諸峰憑指點，三三群壑想廻流。會心到處應題句，知有高僧姓字留。

黃汝遴同浪雲入武夷

躡屐尋真道念虛，共隨羽客訪仙居。雲茵霞褥秦封舊，玉簡金龍漢祀餘。

遂叩巖中觀蛻骨，更從洞裏覓丹書。歸來應識桃源路，剩有靈砂分得余。

客黃弢融齋中

嫋幹青絲拂地垂，濃陰花影上堦遲。舊時彭澤留三徑，此日臨邛借一枝。鄙吝全消千頃度，閑愁半破五車施。眼前底事都挊却，抹月批風且賦詩。

同謝許山大行飲建州解司理公祖席上，次韻

路近仙踪選勝遊，偶隨仙吏訪瀛洲。尊依寶樹清陰迥，座傍南薰爽氣收。剛有醉鄉容潦倒，渾將宦海付沉浮。諸公夙負匡扶手，分得餘休到隴頭。

同黃弢融諸君遊黃華山，登白衣閣，贈二上人

招攜更上最高峰，危閣凌虛覆古松。一榻貝經清磬寂，千家煙樹白雲封。僧能歠曲供新茗，客喜盤桓迫暮鐘。豈是當年彭澤老，虎溪未許數相從。

黃花寺慧光上人新棄儒入釋，是宿根了悟人也，贈三絕

老龍鬱鬱草萋萋，烟火城中望不迷。白足高僧饒淨理，烹茶送客夕陽西。

其二
章縫脫却訪煙霞，世事浮生總鏡花。精進定知無退轉，黃梅衣砵又黃華。

其三
也將底事付浮沉，空谷于今喜足音。奘待向平婚嫁了，憑君指點任刀鍼。

送長正侄孫會試北上

吾宗羽翮近聯翩，年少登壇讓汝賢。派出曲江誰右者，居傍錦里故斑然。龍池春滿三千浪，羊角風高九萬天。聖主只今殷索駿，史官應奏五雲篇。

建安徐在菴父母席上會宣城呂霖生孝廉，次韻贈別

牢落半生兩鬢秋，臨邛萍水偶同遊。人分徐榻頻驚座，響出呂鐘自寡酬。

未許雷門敲布鼓,敢將勺水賣江頭。看君此去木天近,媿我東湖老釣舟。

月夜與浪雲上人敘話,時上人且遊武夷

別來舊憶鏡湖東,最喜萍踪此地逢。錫杖遥飛何處卓,芒鞵踏破有誰同。禪心净對三更月,爽籟飄生兩腋風。一自黄粱參破後,已將蝸角任雌雄。

同王久亨、楊叔照、黄汝遴及浪雲上人遊黄華山

鹿蕉世事不關心,散髮深斟謝苦唫。偶爾披襟逢道侣,飄然乘興過禪林。溪雲嶺月箇中景,竹籟松濤塵外音。玉女幔亭今咫尺,何時展笈共登臨。

讀徐在菴父母德政編,種種異蹟,欣然賦贈

曾於循吏想遺編,凋瘵于今愴可憐。西北狼烟頻見告,東南民力已蕭然。輦上蒿目輈中邊,撫字急須借大賢。徐公瀟灑辭木天,邑綬初分製錦年。治譜家聲昭晰舊,秦西妖鏡照高懸。纔發新硎試牛刀,吏胥不敢望將牢。拔薤抱孫意自解,縣魚馴雉昔所高。猛虎懷威皆北渡,田畯授首如伏槽。紫陽故里士若林,法眼何事費搜尋。嶧桐半死盡成響,柯亭枯篠亦賞音。夏深旱魃苦爲虐,桑郊虔禱慰甘霖。昭格不遲父母意,滂沱方知天地心。更有山鬼逞伎倆,趫跳人家作罔兩。此日一遇狄梁公,素娥那敢呈形像。自是邪魅畏清貞,豈關異術掃妖精。建山嶙,建水清。里正寂無督,邨落夜不驚。十街齊唱來莫曲,八郡喧傳豈弟聲。吁嗟! 居官能爲天子福民萌,何嫌百里蕞山城。男兒苟得行胸臆,何須區區戎冠簪筆上承明。眼看世事多瘡痍,波浪戈矛伊胡底。大才如君名世希,賢良徵書可屈指。未問狐狸先豺狼,不栽荆棘種桃李。肯令孅兒撞家居,掃除天下自此始。

楊學憲商澹先生招飲,賦謝

關西夫子擅詞工,此日問奇姓字通。到處逢人雙眼白,多公醉我一尊紅。

法言豁爾如披霧,噓氣冷然欲御風。立雪程門應有意,敢將玄旨叩鴻濛。

雨後邀楊叔照、王久亨、謝栗甫、顏煥之及家爲程侄客齋小集

寂歷旅中景,清凉雨後天。玄亭欣載酒,顏謝想遺編。不盡山陰興,莫嫌長史顛。阿咸又訂約,共醉明宵焉。

送爲程侄會試北上

阿咸弱冠壓閩鄉,海宇爭看白面郎。不謂十年淹隱豹,于今萬里試搏羊。滇南去息怒飛迅,冀北空群題字香。自有曲江衣砵在,應思吾祖發祥長。

黄弢融昆玉適館授餐,賦謝

吾祖赤松子,君家黄石公。一時傳秘訣,萬古吊英風。世邈交猶篤,誼深意可通。素心淡若水,永與故人同。

江樓雨漲

半天風雨撼江樓,瓶建懸傾百道流。兩岸山腰浸没趾,千尋波面瀉行舟。驚飛鴈陣迷前浦,覓宿漁翁失舊洲。壯志未酬宗慤愿,挑燈獨酌看吳鉤。

溪艇垂釣

蕭蕭風雨送漣漪,煙艇蒼茫泛緑池。把釣錯呼吕尚父,得魚自比王弘之。低頭適性消長夏,舉手維繯拂黛眉。香稻滿畦來水上,北山爽氣好支頤。

同李雲卿登飲高臺

絶壁崚嶒地,千峰俯闞之。雨餘古磴潤,雲湧大江移。共對青蓮侣,齊傾長史巵。山陰未了興,後會以爲期。

客齋閑寂，晝夜酣睡，却賦

手懶攤書足懶前，昏昏栩夢透先天。有人道是忘機子，惟我密參無眼禪。陳老終須饒獨步，邊生到底覺誰賢。晝長夜短無分別，枕上黑甜不記年。

佳人行贈五卿

娶妻當娶陰麗花，帝子聲名安足誇。何如佳人甫一顧，傾國傾城寸蓮步。第五之名青樓鶩，我不卿卿誰卿卿。爲雲爲雨襄王夢，翠羽明珠恣所送。君不見，蘇州刺史腸堪惱，即席賦詩任傾倒。又不見，禪心已作粘泥絮，尊前窈窕愛莫助，送客留髡且歡豫。

憶果亭、高陽諸君及李平子諸中表

故園回首隔重雲，坐對優游每劇醺。久闊偷鄰畢吏部，更思罵座灌將軍。接䍦倒着真狂友，箕踞相看任麴君。乞食叩門無不可，如何羈旅惹塵氛。

感　懷

江河流不極，世態總堪悲。所遇皆軻轗，相逢盡嶮巇。途窮俠士哭，形解達人知。生事惟杯酌，那能咏五噫。

七夕獨酌，憶兒、侄應試會城

郎女迢迢渡鵲橋，疏星淡月可憐宵。卿盃滿百從傾倒，對影成三嘆寂寥。瓜菓分甘誰與共，筵墫合酌興偏饒。乘槎一路近通漢，蟾窟高探路匪遥。

賤　生

屈指知非又一年，驚秋蒲柳不勝鞭。請纓有志憑誰訴，觸網無端祇自憐。縱酒空希嵇阮放，拚書豈曰子孫賢。半生石火渾如夢，奚羨大椿歲八千。

新裝詩韻

藉爾添詩興,因之夢寐清。泥金匪以報,裝錦豈爲榮。净几精光發,奚囊紫燄生。行吟聊遣性,溪山有逢迎。

直如弦

直如弦,死道邊。古語無頗偏,民非三代焉。千章鮮喬木,九曲黃河澓。剖竅嗤聖人,剜目空殺身。軟美良可悅,太剛終必折。因時寡尤悔,保身在明哲。

中秋夜坐

露白風清秋正中,登高縱望恍瑤宮。月同故國輪仍滿,人在他鄉盃不空。我醉欲眠華未吐,蛩吟成韻響如桐。無端忽起家山思,徙倚直將天際紅。

> 坡公謫海南,月夜叩羅浮道院,因吟杜子美四更山吐月殘夜水明樓詩,以爲古今絕唱,遂因其句作五首,仍以殘夜水明樓爲韻。余客棲雲樓,山月高映,聊試效顰,以供捧腹

一更山吐月,紅塵猶未殘。金波湧海底,巖隱半鈎看。木末亂侵席,天光燭影寒。徙倚空堦下,舉觴興未闌。

其二

二更山吐月,桂魄美清夜。操瓢與挈脯,痛酌風簷下。行樂須及時,好刻不論價。戶牖盡瓊瑶,蟾宮豈其亞。

其三

三更山吐月,虛庭如碧水。爽氣泛前楹,幽懷難已已。清光澹河漢,蟋蟀鳴戶几。中有素心人,快目仍側耳。

其四

四更山吐月,皎皎入牀明。故國關山隔,腸迴夢不成。攬衣起旁皇,嬋娟隨

我行。對影長太息,未得到桐城。

其　五

五更山吐月,斜照栖雲樓。樓頭曙色霭,鐘鳴參橫秋。飛走各蠢動,餘光難久留。我心比明月,洞消萬古愁。

閨　怨六首

芳草萋萋綠,王孫若箇遊。春心縈柳絮,幾日不梳頭。

其　二

愁緒羞無語,支頤懶欲眠。昏昏卓午睡,忽夢到君邊。

其　三

秋風不可耐,偏吹妾羅裙。閉閤猜郎甚,竹聲疑叩門。

其　四

憶郎初出門,細語盟金石。豈是負心人,飄飄無還夕。

其　五

妾本弱蒲姿,鉛華不相待。恐郎歸到日,妾貌沈光彩。

其　六

每訊行來人,郎書無半紙。擁髻恨東風,妾身非男子。

九日江右黄明初山人過訪

異鄉異客相逢處,恰值三秋九日時。地隔故園風景換,人欣同調肺肝知。青尊綠蟻負佳節,紅蓼白蘋怨水湄。懶向高峰杖藜去,閉門唯誦輞川詩。

重陽後一日得二水伯兄家信

開緘縷縷意何如,爲悵鴈分千里餘。白晝看雲時憶汝,朱萸插鬢政愁余。方塘雨過波澄後,虛檻風清月上初。此際一尊誰共酌,望中渺渺更躊躇。

憶　家

秋聲瑟瑟不堪聞，夢入鄉關嘆離群。千里重山諸弟隔，一身孤旅衆雛分。聯床風雨思春草，引領松杉怨白雲。薄暮空齋無一事，深斟淺酌到微曛。

蘇弘齊到，道爲龍侄嫡、妾雙孕有喜，却賦

每期蘭桂長階庭，忽接好音雙眼青。龍虎有胎還屬汝，熊羆叶夢喜添丁。振振宜爾歌斯羽，肅肅嘒然賦小星。我去不遲湯餅會，滿堂摩頂弄寧馨。

看　菊

勁風肅百草，衆卉謝其菁。惟有堦前菊，特挺霜中英。浮白月同皎，流黃日吐精。繁華堪採掇，疎葉更廻縈。爍眼矜袍赤，酡顏映鶴清。作客逢令節，對榻酌金莖。三徑就荒否，東籬想滿楹。

別友人後却賦

別君纔一日，忽已成三秋。作惡無絲竹，消愁惟酒籌。數聲猨峽淚，幾悵龍門洲。彩鷁從茲遠，中心永若抽。

主人出訪渭圖索題，得五絶

渭干鶴髪釣絲閑，改革乾坤一手間。六七聖君留不住，千秋遺恨首陽山。

其　二
只爲商家養老人，誰云此日定君臣。會朝牧野他年事，羑里天王總聖神。

其　三
同時同地又同賢，相遇尚遲八十年。若使春秋天不假，江頭朽骨有誰憐。

其　四
共傳西伯訪江濱，一幅丹青圖畫真。對此已將心骨冷，臣之壯也不如人。

其　五

殷勤索我按圖畫，滿紙塗鴉焉用諸。不是臨邛座上客，居停錯認作相如。

題主人壁

異鄉那得一枝栖，風轉輕蓬東又西。客舍慇懃誰似者，長安主壁不須題。

樓中苦雨

晴日難寬客子憂，那堪陰雨覆重樓。濁醪旅酌寒薪火，烟浦漁船冷釣鈎。江正秋深蘋蓼怨，人今遊倦水雲愁。灘聲夜夜枕邊吼，對此鄉思易白頭。

留峰叔侄招遊紫桂庵，得四絕

年來未脫風塵韁，客子那堪旅路長。二阮招携覓古刹，乞分法水洗俗腸。

其　二

雲峰深處樹蒼蒼，風景依稀古北邙。世界波翻無限意，閑聽隔浦唱滄浪。

其　三

峰前峰後何縈縈，淒雨冷風化作魈。傍得西方鐘鼓便，晨昏懺悔托僧尼。

其　四

不覺盤桓已落暉，高僧指我破重圍。何須參叩來因果，只印今生作是非。

爲紫桂庵虛一上人作

共說叢林勝，探奇此日逢。名僧翻古偈，濁酒漉齋供。佛骨千年冷，塵緣六識重。無生煩指點，杖錫許相從。

上人喜譚詩，出其近作相證，歌以訊之

靈心轉法華，智慧誰似者。問字借推敲，媿吾何有也。

其　二

本來無筏津，何論晉唐氣。夜半可傳衣，得簫熟也未。

友人秋闈落魄，歌以慰之

眼底浮華可自由，升沉早已付滄洲。蒙戎客劍琴書老，簫瑟西風天地秋。白璧未售空泣足，黃金無色冷床頭。不看煙草荒碑暗，昔日公卿今鶴猴。

黃昏憶家

建嶺深秋滯客轅，閑來徙倚閉西園。天寒四壁圖書冷，日暮虛庭鳥雀喧。得得一尊空對榻，如如兀坐自忘言。雲山縹緲心如祈，每到黃昏思更煩。

壽南平張九山父母

百里來暮嗟，一琴散午衙。神君誰得似，僊令儘堪誇。化日千家樹，薰風兩縣花。岡陵齊致祝，何必覓丹砂。

磨鐵如意吟

如意指揮，我與同歸。鋼錬爲質，神虬爲威。去年北征，銹澁苔生。磨磋剔刮，精怪崢嶸。鋒鍔內歛，剛貞難掩。魑魅遁形，電光冉冉。體尺有五，量天可睹。四顧徘徊，闞如虓虎。無勁不拆，無堅不缺。何以致之，運肘莫掣。風雨雷霆，几上長鳴。金剛不壞，萬古常瑩。

冬至後二日

嗟往嗟來抵（祇）自癡，未衰那即鬢成絲。縱吹陽律灰先動，奈觸嚴冬凍不知。梅萼故園舒笑口，風飄此處摧寒枝。眼前景物人惆悵，回首雲山勞夢思。

至後甯鶴徵孝廉招飲高臺

百尺層臺俯絕岑，招携尊酒共登臨。風霜冷到江湖面，衣帶煖知天地心。狂叫得盧添野趣，醉歌刻羽發清音。遊人未了山陰興，遮莫夕陽映晚林。

補衣篇

泉人不慣霜雪天，風高砧急暮雲邊。聲聲催老千山樹，葉葉飛落泉人前。泉人惟解穿層布，寒到身邊衣却添。百結懸鶉猶堪綴，服之無斁寧忍捐。縫裳雖無纖纖手，補緝猶有長髯仙。手龜花眼托針線，線如巨虹針如椽。主人何爲不喜新，衣不求新勞百纏。我笑不答心自憐，非汝莫參有髮禪。破衣煖休粗自可，與爾長補費百千。帝得仲山甫，袞職無闕焉。天得女媧石，鰲極永不騫。天帝猶須人力補，一衣屢補何其妍。衣破不補還着汝，行破不補將誰瘝。念之心猛然，急補宜勉旃。古人年五十，方知四十九年之愆。從今彌縫百補之，庶幾不媿于前賢。

友人以八畫索題，走筆應之

漂母進食

誰謂塵埃中，不識將與相。誰謂甘忍辱，志氣不飛揚。區區一漂母，能識淮陰不。吾哀豈望報，千金亦不偶。

圯橋取履

古來豪傑士，意氣多猖狂。所以黃石公，獨抑張子房。報韓成帝師，受益良不貲。功就赤松遊，妙用在守雌。

捫虱高譚

眼底輕凡輩，胸中羅古今。英風驚四座，雄辯落奸心。目擊當年事，對此一披襟。參軍與主簿，何以酬高深。

踏雪尋梅

吾愛孟夫子，資性喜芳潔。誰不畏凜冽，此君避煩熱。故人幸未疎，朝帝終不屑。穆如風雅咏，古今稱白雪。

白鷺

瓊羽傲霜雪，居然玉壺冰。紅塵飛不到，世網莫相憎。

雄　雉
羨爾文明質，休誇耿介資。世途多爰爰，進退莫池差。

鶺　鴒
暮山雲漠漠，幽禽語嚶嚶。寸心寄落日，肝膽向誰傾。

家　鷄
睠茲具五德，未可薄鷄羣。一唱大地曉，翰音天下聞。

寄壽惠安葉匡洣父母

使君誕降出匡廬，此日稱觴祝慶餘。一自操刀成美錦，遂教擊壤遍窮閭。月明茆舍吠無犬，風肅琴堂懸有魚。宣室于今方側席，紫泥旦晚下徵書。

林中秘慎日寅丈戊辰秋同余奉使出都門，長途追隨。茲復以使事南還，相遇劍州，慨然有感

相逢逆旅意躊躇，駐馬啣盃問卜居。京國重分新使節，江湖不復舊簪裾。慇懃共憶當年欵，牢落自憐前度虛。去去無煩相慰勉，故人生計已樵漁。

賦別陶剡曲公祖

朝辭客舍下淺皋，舟子因風鼓碧濤。地主有情凌層漢，遊人回首醉醇醪。古城煙樹旌旄遠，清韻琳琅意氣高。喜得夜光携滿袖，中流痛飲讀離騷。

南還舟次，兩岸鳥音，作禽言四首。

泥滑滑，馬没骭，車陷轍。人莫躓於山，而躓於垤。

其　二
行不得哥哥，豺狼當道可奈何。前無津梁，後無舟楫又大河，行不得哥哥。

其　三
姑惡姑惡，無米急朝餐，江水遠艱難。掩袂對壁空長歎，眼淚拭面何時乾。

其　四

提壺盧,盧壺提。杖頭一百酒家携,嘗賢試聖,迷罔東西。

題山寺次壁間韻

雲去雲來冷岫,花開花落空山。閑携一杖偕往,興盡無言獨還。

其　二

跳出愁城苦海,推翻劍樹刀山。成丹仙子長去,採藥道人未還。

其　三

宛轉朱顏白髮,蹉跎建水延山。天涯家在何在,歲莫人還未還。

過大田驛,西風凜冽,村酒薄惡,有感却賦

酒興比頹甚,兼之酒户低。衝寒催雪鬢,怯冷蹴霜蹄。得句累偏喜,狂歌懶亦題。高陽意氣盡,何以解淒淒。

莆陽道中

驛路衝寒誰禦冬,爐烟灰冷酒盃空。鏡中幾換半頭雪,馬首又驚撲面風。

汗漫唫二集清漳草

序　　言

　　往余過温陵,從何司空、鄭宮贊二先生遊,每譚及張師相先生之弟無美君,穿楊奪幟,名久譟都人士,而是時君已改北雍,滯都門,終未及把臂爲恨。年來復以師相移國恩,官中秘,神交空企,夢寐爲勞。今冬,君遊興偶到,顧余萬石山中,片晌立譚,不覺歡如舊識。古來俠士之骨、才人之韻、屈賈之牢騷、嵇阮之放達,鬚眉牙頰間無不逗露,且出其延、建《汗漫近唫》相示,珠璣琳琅,點綴毫楮。昔人云"名下無虚",真不欺我。所恨停驂僅數日,分韻拈題僅寥寥數篇,未足爲知己望胸山靈生色云耳。聞師相先生歸卧東山白毫菴,左搆果亭數椽,玄塵墨池,酒興文心,朝夕與無美共之,批抹風月,平章今古,有塤篪足以相樂,南面百城,豈易易此!廼君意猶未足也,仍告我曰:"異日者,擬泝五湖,泛洞庭,訪匡廬,躡峨嵋,以酬其汗漫之興。"計江山能助我,烟景不相饒,奚囊中珠璣,更有百倍于此者。幸勿忘老朽山中,時覓鴻鯉寄我。

　　辛未季冬,清漳友弟張燮書于萬石山房。

張蓮水先生詩序

　　余垂髫時，獲從李太僕先生，因得交其甥蓮水君，搦管對壘，有年矣。蓮水才高韻聳，所治毛氏言，尤翩翩豪舉，最有《三百篇》遺意。余每退處，不敢與雁行也。

　　師相先生友于素篤，嘗謂阿弟技在必售，雖屢困場屋，餘勇可買。蓮水君喟然曰："丈夫學必經世傳世，方足據上流，何僅區區八比爲！"既以列清班，官鳳池，遂棄舉業而專治詩。選勝敲韻，聲戞金石，意之所至，雖名山大川，未足供點抹，月露風雲，未足快馳驟也。蓮水既以其治舉業之才而爲詩，乃又以其治詩之才而爲官，磊落自矜，塵視軒冕，稍不如意，輒敝屣脫之。每念師相先生當揆席時，有苦心調劑之功而不見白於世，感慨欷歔，形於歌詠。其一段懇摯之情，淋漓筆墨之外，蓋已追蹤屈、賈，分席沈、宋矣。

　　夫子雅言《詩》，爲其可以風世也。《詩》三百篇，如《伐木》、《棠棣》之章，《斯干》、《鳴鳩》之詠，於友于一道三致意焉。吾郡以簪纓顯者不乏人，即以詩文著者亦不乏人，有如師相之友弟與蓮水之事兄，則真《三百篇》之宗旨也。何待言詩，吾必謂之詩矣。因序其《清漳詩草》而歸之。

　　筍堤居士林胤昌謹題。

訪張紹和孝廉虎砼巖

一識封侯少,千秋俠氣多。玄珠輝赤水,彩筆瀉銀河。歲月龍鱗老,星雲虎岫嵯。亦知神指點,如此蒙苞何。

附　張紹和次韻詩

第五名元盛,驃姚孰與多。劍來應射斗,槎去欲尋河。把臂猶嫌晚,啣盃莫厭嵯。嶺梅逢吐月,君意定如何。

同黃孝翼山人飲紹和藏真館,兼訂萬石看梅之約,共用期字

玄亭著草日陰移,雲石穿幽逕逶迤。漢篋遺編君自補,豐城寶氣我先知。恰隨千頃汪波客,坐到三盃脫帽時。更說山莊梅塢勝,襄陽敢負看花期。

附　張紹和作

乘興何妨倒接䍦,蕭疎旅況説稱詩。柳間韻比張回曼,竹隙人來向子期。垂老有身憐易盡,論交莫樂締新知。南山雲起連宵(霄)漢,應是山靈望幸時。

附　黃孝翼作

雅道原爲千載期,相逢曲徑話新知。人從湖海歸蝸室,客掌絲綸集鳳池。博記不遺三篋字,曠懷應發四愁詩。幾成巖洞眠雲約,松桂陰陰月上遲。

客方丈中,友人以春閨幽恨畫卷索題,率爾口占,得三十絶,想到輒書,冗無詮次,大抵閨恨旅懷,情之所至,不甚相遠也

纔過椒辛節,到來寒食天。流光何太駛,轉眼即經年。

其　二
料有尋芳侶,踏遊桃李蹊。遲遲聯袂去,笑指杏園西。

其　三
蝶拍撲香朵,蜂鬚鑽錦叢。粉紅都退了,忙逐過墻東。

其　四
池邊苔藻緑,波面蝦魚躍。側看兩鴛鴦,弄晴相對浴。

其　五
東鄰有女伴,少小不知愁。但説春光媚,相招過北樓。

其　六
青梅已結子,弱蕙且抽英。澹蕩萌芳草,東風處處生。

其　七
曉睡懨懨長,日高三丈地。小鬟趁熱湯,喚起孃梳洗。

其　八
遊人春恨遲,思女怨春早。各是關心人,韶華容易老。

其　九
漫道春宵短,懷人偏覺長。寒燈黯自挑,風雨幾番涼。

其　十
新桐初引笋,暗柳欲藏鴉。春事知多少,無言獨嘆嗟。

其十一
輕薄舊羅衣,春深未敢御。棄捐笥篋中,顛倒不知處。

其十二
風光轉自新,花信來依舊。但覺芳心灰,淚痕濕衫袖。

其十三
鬢子爲誰亂,無力懶更梳。合歡空自發,冷落置階除。

其十四
偶理菱花臺,愁緒如亂絮。心頭强自寬,又上眉頭去。

其十五
簾鈎日影斜，手倦拋針線。怕聽喃呢音，空梁雙語燕。

其十六
雙燕兩飛飛，相呼覓故壘。主人經歲別，可與汝同歸。

其十七
東風何太狠，花落滿堦墀。寸心斷絕處，空付落花知。

其十八
巾櫛事君時，妾年十四耳。春光幾度歸，半逐風塵裡。

其十九
愁緒等春草，剗平旋復生。香銷薰被冷，朦朧月三更。

其二十
春鳥驕春風，枝頭弄百舌。傷心唯杜鵑，哭盡三更血。

其廿一
榆篋擲金錢，紛紛落檻邊。相思未了債，卜盡是何年。

其廿二
憶別歡郎時，叮嚀前致語。只存昔日心，任向臨邛去。

其廿三
楊柳作君心，一憑風吹向。人傳蘇小卿，家在西湖上。

其廿四
六橋花柳地，十錦笙歌前。無數賞春女，教郎恣意憐。

其廿五
結念寄郎書，關山阻莫致。轆轤腸九廻，空寫相思字。

其廿六
山峭誰能越，淵深那可渡。片時春夢中，走盡江南路。

其廿七
春女憐春色，春花兩鬢盈。愁人無緒也，錯懊賣花聲。

其廿八
束素瘦腰身,底緣因底事。女郎渾不知,怪奴瘦如許。
其廿九
共説金罍好,永懷聊自消。強來試一酌,和淚滴心苗。
其三十
莫是有情癡,背人無半語。情癡癡自知,只合爲情死。

醉鄉唫

醉鄉望愁城,相去不尺咫。曠夷無舟車,徜徉忘我彼。無懷與葛天,同派羲皇始。譬如武陵人,不知年代是。姓族多阮嵇,劉畢爲知己。眷屬每著名,顛張及狂李。時陟中山巔,或過平原里。別派在柴桑,貧乞固不耻。批抹風月邊,冠紳等敝屣。落井猶能眠,墜車亦不死。愁城人事多,世態尚比擬。列眉較是非,犄角分臧否。情緒常怨尤,煩惱傷神髓。每向當饋嘆,時從中夜起。無病自酸辛,刀刲固難理。醉鄉有麴生,詫識岐黃旨。爲問愁城人,汝病必有以。人生塵世間,百年隙駒耳。曦馭迅不停,苦海深無底。何事長憂煎,徒自生棘枳。若不早驅除,終恐成隔痞。吾鄉有醴泉,清洌香於芷。可以愈痼疾,不用費藥餌。可以恣婆娑,不用整冠履。愁城人與俱,瞬息登席几。一盞手中斟,滿座生歡喜。禮數不拘牽,喉嚨見底裡。坐久愈欣洽,轉覺風景美。浩浩落落然,矯矯偃偃只。俯仰一切因,渾作平等視。眼前皆糠粃,萬事付流水。骨節從支離,木石任徙倚。一枕到華胥,鼾鼾奏笙徵。共醉不願醒,頻傾不願已。寄語愁城人,茫不知生死。此鄉洵可樂,何必戀城市。誓從麴生遊,畢老此鄉矣。

訪陳南岳孝廉灌園山房

名園幾許締嚶鳴,雲水煙花事事清。鄴下文章今屈指,太丘風雅舊知名。時緣二仲開三徑,日擁千編當百城。問字頻來揚子宅,素交真足快生平。

同黃孝翼、杜仲醇二山人訪張紹和
萬石新築山房共用仙字。

誰剗蓬蒿出世緣，居然洞府隱真仙。臺窮削壁幾無地，磴轉嵌空別有天。可是鬼工通奧窔，怪來神瀵湧峰巔。會逢劉阮並肩入，笑道石梁咫尺焉。

附　張紹和作

主人纔到客來前，巉巇斜攀磴屢穿。竹盡隨雲逢石湧，春歸無曆認桃妍。慣拚野性容招隱，只結幽棲不願仙。杯事未終禽語散，疏林落照衆峰懸。

附　黃孝翼作

洞門宛轉隔蒼煙，應節桃花爲客妍。石自廻廊疑入室，窗如鑿壁每窺天。平原日落憑欄外，遠海潮聲到酒邊。松鶴便將相領去，景純何必詫遊仙。

附　杜仲醇作

遁跡岩扉意欲仙，每因情勝結新緣。梅花開遍香浮動，松室鉏來逕逶蜒。洞杳頻聽寒泉溜，窗閒時對白雲還。移尊共酌真人聚，分手山中月色娟。

過萬石，瞻拜張幼清墓下。幼清總角遊半海內，品
　題名山，著作如林。文人不壽，言之愴然

蘭蕙凋傷寶劍分，鶴笙時過壟頭雲。名山留得驚人句，玄草爭傳奇字文。只爲玉樓催李子，空憑滕閣吊王君。來人何事招魂賦，麟鳳原非鹿豕群。

龍溪徐蓼莪明府再下榻蕭寺，席次譚及林小楚、施二健，二文學
　來訪。二君爲徐乙榜門人，予知交也，故深爲致意云

重柱干旌過古臺，高情徐榻一尊開。製分美錦光前席，烹得小鮮佐引盃。安邑從無仲叔累，臨邛多有長卿才。袴襦百里人皆誦，肯聽馮生歌鋏來。

題　　畫

石虹飛跨層漢，瀑布倒懸碧霄。喬木千章結束，伊人一室逍遙。

王汝真頻來相訪，年少放達，歌以志勖

萍水相逢傾蓋親，看君慷慨出凡塵。金錢疏散爲交客，裘馬翩鮮欲上人。好慰高堂三白髮，勿輕奕世一孤身。如今世路風波惡，拍岸江頭細問津。

梁喈林明府以福安上考移海澄，除夕華誕，寄贈

絃歌爆竹震暮煙，傳道神君嶽降焉。初試山城推製美，重臨海國慣烹鮮。塵生昔日萊陽釜，花發當年上蔡韉。十屋籌添新歲月，椒觴柏酒醉燈前。

水墨一軸寄壽梁明府。原欵題溪雲初起日沉閣，山雨欲來風滿樓，或謂與壽意無涉，因題一絕于上

雲嶺松芝不老，灌壇風雨長清。漁郎短棹何往，笑指桃源幾程。

迫除抵家，夜爲諸昆招飲

歲晚每嗟歸去遲，到來翻悔爲情癡。愁親僮僕時開口，謫對妻孥長縐眉。空有拙詞難貰酒，渾無佳況懶敲詩。相憐猶喜諸昆好，共拂風塵酌一卮。

建州友人黃弢融遠函相問，且以余往所復某直指書稿，災木見寄，爰賦長韻，以代報章

生來無媚骨，常與貴人疎。一出長安道，芻狗視簪裾。故人殷相念，貽我雙鯉魚。刳魚剖其腹，中有尺素書。寒溫無幾字，慷慨發欷歔。爲道卯辰問，朝事誰拮据。呂媼與唐婦，調伏如猿狙。功用人不見，自宜生毀譽。空谷聆金玉，眼曠眉角舒。男兒重意氣，有懷總必攄。聊述約略耳，一寫累千餘。伯氏正眼看，申申其詈予。心跡我自知，何用過分疏。勳業等浮漚，身世亦蘧廬。宇宙既清明，丘壑足樵漁。汝輩學問麓，血性終未除。眼底珠玉屑，何異沙礫歟。爽然聞斯言，冷冷心骨虛。取履圯上師，吾儕識不如。但覺喉中物，喀喀不能茹。黃子

心膽壯,俠氣凌岡嘘。搜篋一再讀,珍重如璠璵。殷勤災梨棗,遠寄仲蔚間。赤松與黃石,投分自古初。三代雖云邈,直道猶在諸。豈是鄒忌友,虛傾城比徐。

書稿併附于後

復某直指書稿己巳秋。

往在都門,飫聆教言,叠承厚渥,銘刻莫喻。兹復從數千里外遠辱惠問,薄霄高誼,之兗何以爲報?之兗學疏才短,屢別閩燕,家伯氏憐其數奇,推恩一官,敝差報命,瓜期當在孟冬。第邇來事君爾爾,伯氏身名俱玷,則進退之際,尚須商略。差批勘合,已先馳役齎繳,且具揭乞休,不復作長安之夢矣。

伯氏通籍廿餘年,實在都中寥寥數載耳。寅秋服除抵京,適與枚卜之會,皆夢想所不到者。年半政府,任勞任怨,種種苦心,台臺東山時想亦聞其一二,不佞朝夕追隨,知之頗悉,兹承明問,安得不少出肺肝相告?大抵君子遭時不幸,欲自爲計,舍掛冠一路,更無他着。但使各自保身,各自引去,必班署虛無人而後可,況平章之地,與他署不同。人當衰病羸瘵中,溫補之藥、攻劫之劑,分毫未可驟下,若不委曲斡旋,徒自標格崖異,使奸人私自疑懼,而羽翼之徒更媒孽挑激其間,清流白馬,誰生厲階?天下事尚忍言哉!夫士大夫立身立朝,自有本末,有潔其身以爲國者,有汙其身以爲國者,有從功名富貴起見者,有從君父國家起見者,一番厄運,一番支撐,品格不同,斡旋各用,安可盡以形跡風影一概抹殺也?當伯氏入政府之時,逆璫氣燄方張,中外局面,前人拱手做成,一時同事諸老心力共濟,謀斷相依,但章疏中有難票擬者,必以商之伯氏,伯氏不避罪,因不避勞,不能直行其意,猶欲陰用其功,每退食之頃,蹙額顰眉,拍床推案,幾欲裂冠毀冕、促裝南轅者數矣。特以累朝受恩,臣誼難捨,倘維持一分,亦補報一分,不忍以見幾處鎛之說爲藏拙護身之符。受事以來,從未嘗阿承一事,摧折一人。他不具論,即如縉紳逮繫之慘,此後無有也。僅僅耿如杞一案,亦維持保全,不至重擬。至如群奸蠅營、蟻饘傾陷,獻媚如劉志選之欲搖動中宮、李希哲之欲告勛太廟、陸萬齡之欲建祠官墻、梁夢環之欲晉爵王封,此四大題目者,誰不吐舌縮手?賴諸老公虛共商,法異互用,俱寢格不行。告廟一疏下閣時,伯氏差往陵上,內侍矯旨,守票急於星火,閣中諸老直以須俟伯氏回來共議爲辭,越二日回,而事竟寢矣。彼時逆璫心恨政府中阻悟者,伯氏尤居多,第一時諸老和衷協共,未有以中耳。今四題目諸奸俱置重辟,而當塲商擬阻止之人,似當見原否耶?寧錦之難,赤白交至,都城戒嚴,在重圍中,官有剝膚燃眉之痛,勢急疾呼,在共事撫臣有兩敗俱傷之慮,救難從井。無奈逆璫傳旨,叠促救援,撫臣意不自安,最後一疏,遂欲盡抛三萬人之命,以救重圍,其勝負成敗,則付之不可知,蓋不勝逆璫之迫挾,非完着也。伯氏方從票擬中點破此意,謂當相度事勢,未易輕動,必能自固,方可救人。撫臣藉是稍安,頓兵不出,犄角相持。奴酋東擊西攻,兩無所獲,故火藥得施,重圍廼解。使彼時少希逆璫之意,不從中斟酌,少分擔頭之慮,不獨力主持,則中邊不和,漫爲嘗試,不幾付疆塲一擲耶!此一役也,前後內外章疏數十,俱伯氏獨任票擬,政府諸老亦明言以艱大委之,謂此事從頭到底,大家更不參一筆,異日成敗禍福,公當與邊臣相終始也。彼時不惟富貴功名度外,即性命身家俱不可知。其幸而濟,則宗廟社稷之靈。然當時在多凶多懼之地,中外調護之苦,及今思之,枕席夢寐間驚魂尚未定也。此事終始,何人票擬?何人主持?一時都下盛傳之,朝中諸君子多知之,不審台臺曾聞之否也?今案中所云,非有稱誦贊導實跡可指,直以繕寫一節爲伯氏罪案。夫伯氏自通籍以來,謬負工書之名,又無吝書之僻,凡兒童走卒,求無不應,僧房道院、青樓酒館,何處無之?或彼轉托而得,或人自求以贈,俱不可知。但竊計,刑餘小人才品德望毫不足取重,猶知以筆墨虛名謬爲傾慕,而後委曲挽救之術,得陰用其間。不者,建祠不拜,分金不與,交際不來往,即如此雅事細事,人人易得者,亦自生水火,嚴爲擯絕。是如養虎者,日以生物全物與之,則殺之決之之怒,必所不免,爲國爲身,無一可者矣。嫌疑之際,伯氏早計及此,但以爲少有垢其身名而大有益於君國,固自分甘之耳。

昔武子之愚,夫子謂不可及。張讓之喪,陳太丘獨往吊焉。狄梁公當改唐爲周之朝,褫裘縱博,卒安唐社。吾儒宗法孔氏,其與陽虎往還酬答,亦一時權宜之計,不惡而嚴,天下後世,未有非之者。伯氏之不幸,其遭時使然。伯氏之苦心,總不求人知也。且伯氏受恩先朝者數矣,雖屢辭不允,逐隊勉承,然俱束之高閣，以爲他日封還地。直至龍飛新典，普天敷被，伯氏方欣然祗承，獨使之免拜受今職。當元帝賓天之日，殿功、邊功二世廕伯氏，即首議疏辭，一時意有異同，無奈獨疏特請，嗣後諸老公疏繼之。故事，閣中公事，俱首揆會題，他輔無獨疏之例。第伯氏私心，初心原以冒濫，不甘任受，義當自決，不得不破例爲之。倘有些功名富貴之念，則鷄肋可戀，亦何妨隨人俛仰乎？總之，天啟數年間事，觸犯兇鋒，寒落奸膽，爲乾坤扶正氣，爲縉紳維名節，不可無前截；外廷諸公之慷慨，而君側當清，忌器可慮，爲城社消狐鼠，爲宗廟計治安，不可無後截。內閣諸老之協，特王陵戇直，陳平將順，形跡不同，安劉之心則一。但得衆正交歡，協共無間，諸呂其未敢動耳。倘不藏機觀釁，一概以戇直從事，恐水激則決，獸迫則噬，王陵罷矣，陳平能久留耶？必將自丞相而下，變置私人，漢室安危，其未可知也。

附逆一案，處置甚快人心。聖明在上，安可少此創懲！第逆者自逆，附者自附，陳力者自陳力，苦心者自苦心，此中輕重出入之間，尚有未得其平、未亮其素者。異時公論大明，或有一二昭雪亦未可知。不佞所知，伯氏立朝本末，約略若此。閣中票擬，何筆何人，件件都有底本，都可查對，非能舌尖紙上鋪張粉飾者也。台臺平心主宰，細稽輿論，使伯氏心迹之際得爲海內知己者所原，則溝壑可以無憾，豈敢以門墻之私，過望阿好已也。伯氏此時不惟樓臺無地，尚且風雨未蔽，但浮雲富貴，原其本質，麋鹿之性，山野相宜，得從耕鑿之衆歌詠太平，視在朝時苦心費手、寢食不寧，相懸不啻霄壤，分毫不以此介意，在台臺，亦不煩以此相念也。肺肝之言，不覺縷縷，統祈委鑒，臨楮神馳。

二翁老師年半政府，種種苦心，天下共知之，共重之。而形迹之際，偏以獲譴，詩禍、字禍，古今一揆。

偶於蓮水師叔行篋中得讀此稿，縷縷實錄，異時皆可編入史館者。諸知己見之，便欲取去，一一抄奉，又費手腕，因付梓人以應共求。公論昭明之日，此爲左券可也。

輝

庚午冬，建安門人黃煜同頓首識。

烺

汗漫唫三集北遊草

題　　辭

　　吾師果翁去國，令弟無美先生以使事歸，隨致其簪紱。夫先生之才能，自致通顯，而以推恩入仕；先生之仕行，歷踐清華，而以引嫌乞身。其仕也，以成師仁；其止也，以成師義也。吾師立朝苦心，未盡白於天下，先生能知之，能言之。感欲填胸，衷惟披愫，發爲汗漫之吟，雖登樓放棹，率爾興懷，而俯仰既深，歡愁俱會，曲江風度，不愧塤篪，先生之稱詩于是，爲有本矣。

　　秋深過晤，纜不及維，方且涉洞庭、探善卷，歸途以一編相示，則簡端有吾師贈什，知先生者，莫師若矣。而曰文章有神，交有道，是又吾師所爲，不急急求白于天下者也。乃弗揣形穢，次韻爲和，擊唾壺而歌之。歌曰：

　　一寒雪履方東郭，百事不聞愁六鑿。忽驚珠玉墮深秋，宴子快如饗大嚼。起居未了感慨多，一併浮雲付寥廓。姓名圖畫空麟閣，底事荒烟消衛霍。半枰黑白笑殘棊，勝負豈關真媺惡。命世文章避世人，千古醉翁不寂莫。海雲南去歲寒高，孤心恰恃寒相托。

　　先生行矣，歸謁吾師，幸道當年弟子無敢茀廢舊業，以上負明時，下負知己，且知簡端贈詩，匪直贈先生詩也。

　　壬申仲冬，曹勳書於未有居。

序

壬申冬日，晤蓮水師叔古蘭陵道中，雀舫追隨，得悉吾師近祉，忭慰之甚。

蓮翁出《汗漫唫》并其新詩相示，且命某以數言弁其首。率爾成詠，自媿不文。詩耶？引耶？惟師叔命之。

三載棲里門，見聞幾隔絶。晤君蘭陵道，乃念抽簪决。惠我以瑶篇，靈筆自盤結。中多山水情，陶蘇並高潔。亦以悲憤詞，屈賈同嗚咽。追惟寅卯夏，其事費分説。宛轉維地天，吾師心獨竭。世鮮具眼人，正而概之譎。貞心定不磨，公論久當揭。把酒誦新詩，唾壺爲君缺。

陳于鼎頓首書於吴閶舟次。

題　　辭

　　壬申秋，無美弟將有吴越之游，余作歌送之，云："季子城南無負郭，鋤耰何處施畊鑿。黄公壚頭無酒錢，口縱流涎那得嚼。惟有彩筆老生花，猶堪江山掃寥廓。東下五湖窺菁旌，西泝九江訪廬霍。鴻雁秋高影乍疏，茱萸節晚懷北惡。文章有神交有道，寄我山中慰索莫。歲晏風霜幸早歸，莫遣西堂夢數託。"

　　弟携婦出門後，滯旅中者年餘，歸則出其詩，庀爲北遊，當收靈溪、武林四袠以示余。大抵皆境因情發，言與景會，其牢愁感慨，雖不能盡韜，而每含抑之，不至露泄無餘。使人一唱三歎而有遺音，蓋性情之正，亦江山之助歟。因思弟在跋涉羈旅之中，猶能不廢嘯詠，文采表於當時，而余踳踾荒村，爲客經年，問以西堂春草之句，無有也。學殖荒落，精氣銷亡，不及弟遠矣。

　　白毫菴居士瑞圖書。

秋間將有吳越之遊，伯氏扇頭贈歌，次韻和別

湖南野人疎城郭，世事頹懶多枘鑿。生涯日誦北門詩，炭冰冷煖甘自醻。彭澤歸來窮叩門，茂陵司馬嗟落廓。強挾長鋏向人彈，文心老盡難揮霍。吾兄憐我賦贈篇，語我辛勤風波惡。一任輕蓬逐秋飛，鴈聲嚦嚦天寞寞。西堂夢寐已關心，楚遊何事王臣托。

莆陽道中

迢遥出沒遠山阿，石馬苔生殘碣多。畫虎不成徒爾爾，封侯無骨奈何何。百年幾度滄桑意，二角無端蠻觸戈。古樹號風秋色黯，行行慷慨自悲歌。

三山陳石夫世丈留酌署中陳以無錫令調閩司幕。

高秋紫氣映閩關，仙署悠然霄漢間。夙擬龐才非百里，恭承陳榻下三山。倦來馬首經旬夢，偷得杯中半日閑。冷眼共看蝸角事，肯將宦海減酡顏。一時會城諸當道搆隙，鬨然。

小金山訪浪雲上人不遇，其弟子東生留談

未了風塵劫，婆娑此問禪。掉來青海外，錫去白雲邊。傳鉢知高足，開函見內篇。妙臺花欲雨，江上數峰煙。

小金山逢黃汝遴山人

遠公杖錫去，猶喜揖徵君。尊酒深交誼，高懷細論文。潮聲帶雨急，塔影漾江分。別後相思處，山山有暮雲。

三山朱蛟雲留欵,見其二子

邂逅於君宿契奢,聲名舊數魯朱家。謾添座上龍門客,快倚堦前玉樹花。明月青尊歌折柳,深秋白露想兼葭。交情從昔重傾蓋,自媿瓊投報還賒。

建安徐在菴大令奏滿入會城,二日竣事,賦賀

纔傳最滿下仙舟,會見牙旌信宿留。快似取携稱獲上,聲兼循卓冠康侯。晉廷爭識山公啓,漢代避行驄馬騶。未許專城能借寇,徵書旦晚動螭頭。

劍州丘羅浮游淡如席上口占,贈艷粧花卿

卿卿艷冶鬭蓉花,西子聲名安足誇。更喜繞梁高唱韻,拍浮今日醉東家。

其 二
淡粧不妬石榴花,一盼傾城衆所誇。此夜曲終人散後,清秋明月照誰家。

鄭官贊大白奉使楚回,相晤建州,時服餌舟中

星槎遥出水雲鄉,紉佩猶聞蘭芷香。千載詞章追屈賈,一時風雅滿瀟湘。文人弔古情多愓,楚客招魂怨亦傷。但把詩魔驅遣去,不須藥餌費煎嘗。

寄二水伯兄家信

天高風急鴈分疎,離緒憑將尺素書。陶令徑荒松在否,翟公門冷客何如。三秋短日催衰鬢,一夜微霜瘦野蔬。極目家山雲脚外,砧聲向晚政愁余。

建州邂逅新安畢鍾巒孝廉,聯舟北上

恰附仙舟建水濱,相憐書劍老風塵。人當遊倦懷偏惡,江到秋深蓼亦颦。酕醄快抛青眼舊,論交媿殺白頭新。看君他日金臺上,猶憶東西南北人。

舟次別小玉花卿

莫怪篙師解纜遲,嬌娥綣別水之湄。直漪廻綠描蟬鬢,拖翠抹青送黛眉。

果爾傾人無價寶，故應惹我有情癡。爲雲爲雨高唐夢，寂寂孤舟有所思。

酣歌行九牧道中。

老天生我能嗽酒，何不使我新豐蘭陵甕常有。麯車道上幾流涎，黃公壚頭空袖手。旅路愁多醒又多，鬖鬖毿毿白不久。安得淺酌醉二三，渾教塵心忘八九。我思古人不願身後千秋名，但願當前盈一缶。麟臺金馬等空華，石渠天祿亦蠹朽。我讀古人進酒歌，到海不復迴黃河。那有長繩能繫日，浪說魯陽曾揮戈。沽數斗，醉顏酡，澆磈壘，舞婆娑。乾坤何偪仄，歲月空蹉跎。臁蠵羹熊不足羨，皓齒曼睩不足過。令威千歲歸華表，淳于一夢到南柯。神君太乙終烏有，金莖承露今若何。君不見，揚塵清淺倏晨宵，海沙魚沫吹秦橋。羯鼓淋鈴直轉瞬，平泉金谷餘山椒。茂陵渴欲死，彭澤頹不驕。仲蔚蓬中風草草，劉伶冢上柏蕭蕭。

旅中賤生

承恩青瑣玷朝簪，未効涓埃譴已深。半度百年翻往事，全無一局遂初心。長卿四壁茂陵病，杜甫三秋巫峽吟。弧矢今朝羞負爾，空城雀鷇也知音。

望江郎石

崿筍崚嶒欲插天，當年不受祖龍鞭。若將驅遣海橋去，濺血何曾得渡仙。

其二

君家兄弟好霞烟，雲水江頭霄漢邊。時跨天台梁頂上，空留一片在燕然。

同畢鍾巒孝廉過仙霞嶺

閩山越水此中分，削壁凌虛自昔聞。鵲渡堤邊通旅磴，鳶飛背上過征幘。鹽車應灑太行淚，隤馬誰開秦嶺雲。茅店竹籬蕭索甚，一盃共酌付微醺。

九日瀫水舟中

丹楓搖落碧雲秋，江上烟波處處愁。欲學長房無避處，乾坤跼蹐一孤舟。

其 二

新停濁酒悲衰病，遙想萸尊倍客憂。渡口白衣從不到，令人空憶王江州。

過釣臺

遁跡垂綸煙水間，故人帝子枉圖顏。雲臺爭似釣臺遠，附翼攀鱗好是閑。

其 二

千載高人去不留，層臺猶自漢時丘。聞君別隱空山洞，石硯飛泉還滴不。

其 三

共說灘頭人景非，畏途賈客去如飛。我來不怕江湖惡，羞見先生過釣磯。

客有詢伯氏山中情況者

自結衡門避世深，棲遲杖屨碧霞岑。當年憂國忠君夢，此日江湖魏闕心。未信清時終禁錮，肯因宦海嘆浮沉。滄浪漁父漫相問，澤畔何曾有楚吟。

客又訊伯氏山中生涯者

家近南湖鏡水分，閑隨野老閱耕耘。醉來瀝酒巾猶濕，顛到揮毫筆似雲。嶺海人知蘇學士，灞亭誰識李將軍。山僧棋伴頻相命，經罷局殘已夕曛。

岳墳吊古

吞胡許國氣如雲，遺恨空悲對古墳。崖海無能全幼主，金牌應自殺將軍。江干長伴胥濤怒，湖畔平新漢將文。若使黃龍酬痛飲，祇今誰數宋家勳。

烟雨樓獨眺次壁間李少灣宗伯韻

雉堞千門簇，鴛湖四望幽。景疑烟外寫，人似鏡中遊。霞綺披朝旭，風箏凜暮秋。憑欄獨徙倚，蕭索不堪留。

松陵夜棹

夕陽唵没冷雲低,慣水篙師路不迷。耶許無聲欸乃寂,帘燈人語野橋西。

其 二
淡月微霜罩暮烟,孤舟懷客幾回眠。軟風便送波聲小,暗渡殘鐘到枕邊。

其 三
棹入松陵日已昏,平明天色見吳門。江山不禁卧遊夢,何事宗生圖畫煩。

虎丘紀懷

烟雲不改舊山河,壯歲幾經客棹過。萬境到來都是幻,百年強半也無多。閑吟李老問天句,漫學王郎斫地歌。樹樹驚秋零落盡,故園松桂知如何。

毘陵謝別管誠齋太史,兼求名筆

輕帆遥破碧雲空,直遡龍門姓字通。體製近尊新館閣,揮鋤遠識舊家風。似霏玉屑千霄外,更醉金波五夜中。到處逢人誇得御,可無彩筆過江東。

過胡雪田大行舟中,出二畫率爾求題,一爲水墨,一爲桃源圖也

茆隱誰知姓字,雲深惟友漁樵。隔溪道士相識,曳杖閑過野橋。

其 二
一經漁父知徑,再往宰官便迷。但使回頭彼岸,何須問渡桃溪。

舟次逢吳皜菴世兄補調北上,取道京口,兼呈周芮公李

延陵聲價早翩翩,百里寧堪借大賢。一往深情尊我法,誰甘媚骨從人憐。方舟李郭誇仙棹,吳會江山入錦篇。此去周郎知顧曲,共賡白雪更欣然。

蘭陵舟次晤陳實菴太史

太丘千古景高風，館閣聯翩世所崇。二陸聲名懸斗北，三蘇文藻壓江東。遥飛雀舫來天外，喜托龍門似夢中。却傍僊舟增品價，從今應別舊阿蒙。

陳實菴太史贈言別後有懷，和韻却寄

覆雨與翻雲，古道久斷絶。君獨知伯氏，心迹能分決。委曲濟艱貞，衷腸自鬱結。但計裨朝家，安忍擇高潔。急病而讓夷，退食唯吞咽。感君意氣深，剪燭爲君説。當年事多端，造次固難竭。贈別媿瑶篇，詞盟稱晉譎。大呂萬石鍾，尺莛那堪揭。惆悵遠清光，輪輝幾圓缺。

從都中來者，爲悉近日官府事，且述関冢宰、熊中樞罷職，沈宣撫被繫，謝登撫陷賊。近報陳總憲、曹經督被斥，馬宣撫又緹騎下逮，皆秋間事也。有感却賦

朝家近事紛如蓬，狐鼠纔殲敢内訌。誰測聖明督責意，空煩元老揣摩中。歃盟曾似寇萊國，單騎漫談郭令公。樞憲統均罷斥去，緹營又出長安東。

讀睢陽張、許二公傳，追感遼陽往事

羯奴鼙鼓散霓裳，淮北當年作戰場。爲控孤城殘雀鼠，尚思厲鬼報君王。愛姬有恨精還碧，駿馬無知骨亦薌。悲咽莫談因底事，不堪追憶瞋遼陽。

倚劍行送曹將軍新任楚閫。

甲子秋闈落魄，旅滯都門，落莫蕭寺，目擊懷傷，情見乎辭。偶讀《睢陽傳》，又聞近事，感今追昔，併錄于此。

海宇年來各被兵，東陲桀驁西猖横。赤白羽書交踏至，輦上時聞拊髀聲。處處報捷又獻俘，看來疆事總糊塗。遼左未抉分寸土，蠶叢豺虎猶負嵎。昨傳

海上奏奇膚,毛帥用機大殺胡。天子親開鳳樓受,若箇胡婦與胡雛。朝家冬日讖爰詞,纍纍共指山東司。一時推轂仗鉞者,赭衣三木盡在斯。長安健兒怒拍手,瓦礫亂抛碎枷杻。頭顱劈破血淋漓,男兒至此亦何有。百二重關煩相臣,燕市談兵歲月久。將軍年少早登壇,銅柱標名何足難。腰下芙蓉三尺水,驊騮千里見血汗。況乃楚兵稱剽悍,摧鋒冒石若履坦。一旦天子下徵書,北軍爲劉盡左袒。衛霍再世孰敢當,犂庭射馬擒名王。直擣黃龍痛飲酒,捷書星火慰廟堂。塞下欣聲聲如雷,三軍喧唱凱歌來。斗大金印爲君取,雲臺麟閣爲君開。君不見,昔日床頭捉刀人,料敵籌勝有如神,袁呂孫劉不敢瞋。又不見,昔日爾祖下江南,勾當公事復朝參。書生不及百夫長,落魄空依老瞿曇。看君一劍倚天去,笑取封侯等立談。

檇李寺中柬平湖賴宇肩明府

江風颭颭野雲低,烟雨樓邊客思迷。窮到漫遊終拙計,興緣病懶不工題。古城落日鴉聲急,蕭寺殘鐘簞色凄。預報神明湖上宰,龍湫尊酒許相攜。

檇李祥符寺中

蕭寺寒威甚,愁來祇自謞。親朋無遠息,僮僕半沉疴。綠蟻杖錢少,烏薪市價多。此生還宿業,應作老頭陀。

中秋武林別畢鍾巒,茲再晤檇李,兼訂黃山之遊

纔悵三秋別,欣逢遂改冬。交緣應不淺,旅會故偏重。薄酌敲新句,清言醒病容。舫溪饒勝蹟,乘興也相從。

柬曹允大太史,兼爲北上勸駕

鄴下君家世所推,風流猶説建安時。鶴湖品望斗山重,翰苑文章奎璧垂。吐握笑談傾肺腑,經綸慷慨見鬚眉。聖朝注意春秋業,未許衡門高卧遲。

秀水王蒙修使君招飲

棹入星湖見赤城,闐闐市上袴襦聲。河陽花滿仙爲吏,北海尊開酒鬥兵。自洗蓬心承玉麈,敢張傴腹睨長鯨。官廚套數難酬酌,此夜於君醉幾醒。

迓建州周認爲公祖

閩海上游首建州,福星近掛筍峰頭。家從鼐鼎分庖宰,官自冰霜識爽鳩。高韻矯隨白鶴伴,素心清映曲溪流。鄰封公有玄黃望,不獨蓬門喜見休。

同廣陵楊贊皇孝廉赴王大令之招演《浣紗》雜劇。

風塵久矣謝歡娛,有客臨邛喜見呼。傾蓋快談今古事,浣紗翻譜霸王圖。可無奇字參玄草,抵恐齊庭笑濫竽。他日長楊知獻賦,共看燕市最先驅。

楊贊皇贈言,次韻更和

偶訊萍踪烟雨臺,新知意氣上眉腮。席疑北海開樽日,人擅關西伯起才。把臂霏霏玉樹倚,開函顆顆明珠來。旅中愁緒千廻結,邂逅爲君一掃開。

客中聞鄭宮贊大白兄之變,知交零殘,賢哲凋謝,天涯賦慟,不知涕泗之無從也

纔從劍水話生平,半世心交萬里情。只悵近來多去住,誰知別後即幽明。千秋風雅悲凋謝,當代詞壇失主盟。意氣天涯腸欲斷,非關兒女淚盈盈。

汗漫啥四集當湖草

題　　詞

　　張無美中秘脫屣西掖,歸住東山。其人則節俠之士,其家則風雅之林,其詩則和平温麗之響也。今夫乘時者席炎,慕勢者惡冷。無美身在觚稜金雀之間,一旦着遠游冠,曳逍遥履,類雪鴻之印泥,真野馬之脱轡。造竹或不問主,廻舟或不見人。《九歌》《九嘆》,不動其胸懷;五嶽五老,聊憑其杖屨。居室則考槃之寬,出外則寥天之適。橐鯖樓護,不留其腥;猪肝安邑,不累其素。其視窮達得喪也,若寒暑風雨之序,發而爲詩,無陫側,無侘傺,傑然霄冲,泊然淵止。臨雲露爲綺繡,當泉澗爲絲竹。蓋采真之幽韻,亦探奇之逸步也。觀其咏雪三十絶,於蕭森之中,無慘澹之色,華如迪美,雅厚自深。譬若大吕高閎,朱絃清越,豈與虎瑟龍箎、娥歌青唱同其繁嘈哉!金馬門前棘横生,非可簿質濁文,浪言避世。即九點齊煙,干戈接跡,獨江南一片地,濯氛滌垢,可供寓公吟嘯耳。

　　公家玄真子愛乎太虛,作室而共居,夜月爲燈以同照,與四海諸公未嘗離别,有何往來,至於乞漁舟,垂釣綸,泛宅浮家,偏喜苕雪,何意千古而後又有浪跡先生重臨吾郡,亦山川之幸也。因題其行卷,致碧虚金骨之懷焉。

　　西吴友弟韓敬題。

序無美張先生雪唫

　　昔宗少文癖遊山水，晚年圖於一室，臥以遊之，謂人曰："撫琴動操，欲令衆山皆響。"每讀此語，覺寒嵐冷碧從絍上撲人眉宇，何況躡屐登峰，雲烟宕胸，呼吸通帝而性靈幽緒，不傾瀉滿奚囊也。故古人之工詩者，率皆得趣於山水，匡、廬澹陶，岷、峨雄杜，青山驚謝，輞水韻王，所繇來矣。予不善詩，而有少文之癖。偶爾興至，遽束琴書，裹數月糧，將跨胥江、溯劍津、出雙龍而馭之。招武夷君，入東山石門，折榴花一枝而返，願至奢也。舟纜次醉里，忽遇無美先生於湖上。先生故齊雲金粟間人也，予問道已經，而先生爲屈指幽勝，珠玉隨風，烟霞拂塵，已覺唾咳皆詩，尋出所著《汗漫吟》示予。予受而讀之，大都得山水之趣，發抒其性靈，故其筆光墨韻，既畢嵬以嵯峨，復奔騰而澎湃。千巖萬壑，幻出奇觀；側嶺橫峰，削成神腕。予不覺狂喜叫絶，曰："詩耶？山水耶？詩中山水耶？山水中詩耶？何物肺腸，幽曲至此！當是武夷有靈，聞我欲往，托燕公大手筆，譜此丘壑，以療我疾錮耳。劍津之棹，竟可不問，但歸而懸先生之詩於屋壁，吟哦其下，便足當少文臥遊矣。"乃先生又示我《雪唫》三十篇，寒香冷艷中，更有因方爲規、遇圓成璧之巧，以供壁觀，不又添峨眉天半雪中看一幅好景耶？第恐《白雪》調高，其和彌寡，而予琴心久曠，十指荊棘，未審動操時能令四壁成響否？雖然，山水有清音，何必絲與竹！

　　廣陵友弟楊允升題於菰城之墨畹廬。

施存梅師相下欵,且出其兒孫陪席,賦謝

周家彝鼎商家霖,晝錦堂開爲客斟。赤舄尊前瞻几几,玉芝座上映森森。駐顔長葆嬰兒色,吐哺終勤元老心。司馬洛中曾結社,那能忘分得如今。

施叔允世丈招飲,座有風鑑倪君

投轄佳公子,翩翩似謫仙。效顰吾媿後,求友爾能先。笈發青囊秘,盃從白眼顛。客中多潦倒,況復是殘年。

客平湖德藏寺中,歲行盡矣,雨雪凄然,杖錢無多,爐煙不爇,
　　日與癡僕作楚囚相對,强自吾伊,聊消旅寂,
　　得三十絶,覆瓿之業,祇供觀者捧腹耳

昨暮海雲刮地紫,冥陰張勢祝融死。床前夜半光如刀,白糁平明徑尺只。

其　二
仙子凌虛碎碧霞,穿窗窺隙入人家。梁園檜柏神粧綴,一夜徧開玉樹花。

其　三
霏霏鎮日復連宵,大地波翻萬里潮。始識天公平等意,朱門白屋不偏饒。

其　四
玉女瑤臺戲纖纖,高澈梅花覆帽尖。萬里盡傾雲母粉,千家齊潑水晶鹽。

其　五
鵝翎鶴翩蔽空飛,簑笠漁翁裹練歸。長組遙拖風打勢,素波掩映月輪輝。

其　六
髻插峰頭箇箇鴉,獅蹲豹踞鬭叉牙。臘螾可有沉三尺,預報汙耶且滿車。

其　七

銀河細溜寂無聲,玉合乾坤一概平。御駕朝臨趙相第,官兵夜入蔡州城。

其　八

老幹枯叉着粉胭,皓巾縞帶各翩翩。繽紛箇是凌波子,綽約盡如姑射仙。

其　九

水國家家浮水居,劈空臘月飛揚絮。天孫素手弄仙梭,組練千尋無縫處。

其　十

不堪針線綴爲麛,一任飄揚瀉若澌。野客酸風驢背上,詩情多在灞橋西。

其十一

臘月臘梅獨自開,衝寒怯冷減香腮。羅浮諸娣猶憔瘦,未許襄陽踏地來。

其十二

田園凌奪失東西,人馬橫縱没骭蹄。世界今朝無缺憾,平鋪不漏一丸泥。

其十三

哭竹啼梅都帶韻,寒郊瘦島總工詩。惟憐一笠黄茅裹,凍卧袁安僵不知。

其十四

毳零已盡蘇卿節,袍解誰矜范叔寒。無數圍爐擁妓者,嚴威只作等閒看。

其十五

天上諸娥機杼齊,絲絲盡織水波璨。似憐旅客衣衫冷,倒篋傾筐任取携。

其十六

玉龍噴沫戰江南,燕北張威戰更酣。記得當年陪侍從,承恩天語免朝參。

其十七

放開白眼發長嘯,明滅寒燈黯自照。饒有深情訪戴思,無錢買得山陰棹。

曹允大太史貽札見招。

其十八

雱雱粟粟灑窗扉,皓鵲粉烏凍不飛。我亦天涯同病者,相看何計禦寒威。

其十九
淡淡茫茫黯黯天,烏薪市湧突無烟。冷灰撥盡吹殘火,自向壚頭賖酒錢。

其二十
賖得黃公酒一卣,霎然長吸傾瓶缶。醉來狂發郢中歌,飛倒玉龍不敢吼。

其廿一
曉起雲開天蕩滌,水晶串串垂簷甍。淡茫日脚漸生輝,萬户千門春霤滴。

以下雪殘。

其廿二
后土冒没上帝噫,六龍鞭督羲和氏。江妃河伯叱回宫,不許天吴移海水。

其廿三
海國鮫人捆載歸,零縚斷縠任飛飛。山腰樹脚吹粘處,錯認松間白羽衣。

其廿四
瓊樓瑤閣剷爲畦,玉砌琪茵踏作泥。信宿漁人覓舊浦,忘機鷗鳥訝新堤。

其廿五
西原南陌又成蹊,沮洳難分凸與低。蹀躞馬蹄聽篤速,飢鴉凍鵲向人啼。

其廿六
重陰敢向太陽驕,百丈冰山次第消。萬事豈終埋没得,本來實地總昭昭。

其廿七
連朝世界沉波底,此際川原一望裏。清淺黃塵豈浪談,滄桑只等局棋爾。

其廿八
若比雪前更栗冽,冷灰懶把爐香爇。拘攣十指怕攤書,雙脚倔僵兩尺鐵。

其廿九
甑寒卓午未朝飧,頑僕呵呵嘆旅難。麵蘗□鹽承惠問,頓教白屋不知寒。

施存梅師相餉酒饌。

其三十
家在閩南斷雪天,撒鹽飄絮任人傳。但經雨過亦添冷,海角天涯各愴然。

雪中懷賴宇肩使君,時以奏滿入會城

六花飛舞滿江城,潘令三年奏續行。百里鶴琴隨去棹,一天霜雪映前旌。故人自媿邵公卧,安邑已虛仲叔名。聊學蟄吟消歲晚,客心總付玉壺冰。

雪吟呈霅溪胡吉雲司李

雪裏蟄吟三十篇,自供下酒送殘年。天荒地老誰相問,只笑顛張客更顛。

其 二

巴人亂唱郢中歌,相去唯阿有幾何。媿道曲高應和寡,陽春白雪本無多。

其 三

安國傳經翼左丘,君今筆削即春秋。任將鄭衛都删抹,不許邶鄘半字留。

雪吟呈歸安張古岳大令

燕公手筆冠當時,千載風流今在斯。博記舊傳三篋字,旅懷頻讀四愁詩。曲非刻羽狂歌郢,醜自颦心學病施。歲晚故園歸未得,不堪排悶強吾伊。

雪吟呈韓求仲太史,兼求玄晏

閉户何能學邵公,聊舒狂興謝滕翁。郢中誰□巴人調,海内原推大國風。自昔高軒增品價,□今貴楮倚宗工。聲施總藉青雲者,可許微葖托碧嵩。

汗漫唫五集苕上草

汗漫唫小叙

　　自古文人，未有不放浪山水間，而能追新領秀、樹幟唫壇者。蓋天地間空青鈍碧、霜氣風情，攬其餘影，能使譚叢發流水之香，筆陣壯崩雲之勢。故漆園吏逍遥濠瀑，太史公登陟滿天下，以至康樂開山、昌黎入華，古人好游如此。故發爲詩文，能與巖壑爭奇。嘗恨向平發五嶽之願，必待婚嫁已畢，方理芒鞋，終是兒女情多，强作解事，元亮脱五寸之組，日婆娑三徑間，雖望衡對宇，饒有同心。然不能出柴桑半武，隨武陵漁人入桃花源，爲大缺陷耳。

　　夫名山大澤，即天地不朽之業。森壁爭霞，孤峰限日，其險句也；即雲似嶺，望水如天，其曠句也；陰壑生風，海水群飛，其峭句也；石含古色，泉帶秋聲，其冷句也。洞天福地，何一非碧翁錦囊中物？故深於游者，其詩格比比日進。

　　閩中張蓮水先生爲二翁老師介弟，文騫庚月，辭峻謝山。解綬類彭澤之高，嶽游却向平之累。頃泛五湖，停橈苕上。苕中山水向有清遠之目，先生舟浮葉影，簟積花文，纈其煖翠，布諸韵什，遂能上應曹、劉，下拍沈、宋。雖甘泉宫裡，玉樹一叢，玄武闕前，明珠六寸，未足譬此流徽，方斯絶艷。而先生尚爾虚懷下詢，且以"汗漫"名篇，蓋誌游也。昔盧敖入大海，遇若士，若士欲偕之南游罔閬，北息沉默，西窮冥冥，東貫鴻濛，以汗漫於九垓之上。敖不能從，若士遂聳身入雲中。敖仰望曰："我比夫子，猶黄鵠之於壤蟲也。"今先生曳杖登山，舒詞霏雪，披清嵋岫，振想煙衢，游屐所至，詩瓢隨滿，翩乎僊僊，無異若士之在雲中。而余且執板折腰，日躡俗吏後塵，菰蘆丘壑，朝夕几案間不能出一佳句相酬。以視先生，又奚啻壤蟲之去黄鵠哉！

　　龍津胡守恒題於苕上李署之鎮東樓。

序

　　詩昉自賡歌也，吾師良股肱，生不逢唐虞，不幸值孽閹張焰，以嘯歌奪於不覺，如狄公制唐婦。時世叔無美同朝，官中翰，亦時效舊制，言諷刺以贊之，故夫導以窺器者繁有徒而終慴魄於正人之不可奪，蓋其妙用，初不祈信天下也，天下人實不能信，吾師亦終不肯令天下人信。遂偕無美返初服，婆娑綠瞳間，塤箎遞奏，不賡歌而擊壤矣。吾師乎天之逸之，其篤之也。

　　乃無美輪睛海臆，略無不信於天下之見。於是遍歷名勝，遇佳山水、畸人士，不輕放過，輒綴之韵句，迨過越詣吳，而錦字已滿笈，作光怪逼人矣。予謁世叔於苕之道院，望而驚其有奕，探之廼所爲詩。領其概，則渢渢乎初筆也；咀其味，則洋洋乎雅頌也；和其神，則導情而若無其情，言志而不泥於志，又噩噩乎擊壤也，賡歌也。

　　予爲詩弗克臻無美，安知無美之美？獨絡魄縛足於茲，一切艷花新月、碧水丹山，隨處不覺爲快。讀世叔之描寫花月、平章山水者，輒頓灑然，則無美之詩，洵無有以美之者。觀詩而無美見，觀無美而吾師見。太史採而陳之，以備觀風，必深洽睿意，因無美之詩而及吾師。人惟求舊，黃麻且再宣，有伯也仲也之吹，又不擊壤而賡歌矣。詩不朽，予言亦至不朽，請俟之以爲券。

　　癸酉午日，通家世晚弟張孫振書於苕署戲鶴亭。

訪韓求仲太史

生平恨未識荊州，一到龍門媿海鰌。始信古人輕萬戶，自誇今日足千秋。昌黎星斗名元重，韓魏經綸志未酬。歲月東山高品望，肯容垂釣雪溪頭。

客茗溪道院作

客茗溪道院，見新構半就，金榜輝煌，乃鄭官贊大白筆也。詢之，知官贊辛酉會試北上，讀書此中，閱四月餘。兩徑桐竹，多其手蒔。許建佛閣以酬夙德，近經始纔有次第，從都中遠寄匾聯、詩章，且訂來春捐金落成，完此勝事。不意其仙去之速，豈玉樓李賦近欲改削，而三清案吏少公一日不得耶？名筆高鍥，手植成陰，觸境愴然。

玄都種樹謾云妍，夾徑清陰倍可憐。桐竹空思人去後，琅玕新鍥客來前。莫留一日供金粟，自有千秋足大年。捨宅粧身未了願，令威歸國亦潸然。

臘月念七日立春，留飲莆中黃若木孝廉

逐景驅光去若馳，星星鬢髮漸成絲。春憐寒旅先三日，酒愛新交遲一卮。共有鄉心驚暮序，聊將愁況寫顛詩。天涯知己能相念，豫訂辛盤後會期。

菰城除夕

竟年作客老風埃，霜鬢自憐還自猜。三百六旬將過去，數千萬里且徘徊。誰家爆火震天起，何處鼓音動地來。獨有啼鴉知旅況，聲聲向晚爲悲哀。

菰城元日

峴雲雪水共風烟，甲子今朝又一年。轉轂逝波如夢裏，枯桐瘦竹且樽前。

病魔懶去催詩癖,頑石拜來學米顛。椒柏弟兄誰勸酌,故鄉回首更淒然。

寄賀冒嵩少大行擢南銓部

拜命南來領六曹,駪駪原隰暫酬勞。清源向日瞻華斾,粉署當春騁彩毫。休問山濤稀啓事,應知畢卓暇持螯。流傳字句芬人口,翹望龍蟠紫氣高。

燈節後一日,張古岳招飲衙齋,久雨,見新月

偃室何曾有澹臺,重尋佳節一尊開。金蟾繼焰張燈昨,玉兔新輝得月纔。的的潘花搖火樹,飄飄仙署接蓬萊。滿城徹夜絃歌發,羯鼓齊催春色來。

春郊即事

尋芳生野興,結侶過山蹊。嫩色隨方發,嬌聲作意啼。無言歸路迥,不覺夕陽低。來日風光好,壺尊許更携。

續　夢

遊峴山薄暮歸,折得野梅置瓶几上,午夜夢中得"一聲雞唱氤氲曉,幾點梅花次第開"之句,遂於枕上續成之。

纔醉峴山頂上來,蝶魂栩栩枕邊猜。一聲雞唱氤氲曉,幾點梅花次第開。偏惹旅人驚旅況,故牽春夢到春臺。池塘生草知多少,料有新詩爲爾裁。

種　蘭

茗雪山中有一種春蘭,苗葉細嫩,一莖一花,初春即開,幽香之致,與劍蘭等。野人厮來市上,購數銅錢,便足鼻觀。此中只重劍蘭,草芥視之,狎家雞而愛野鶩,人情比比然耳。吾泉無此種,間有携去者,經年枯瘦,族類不蕃。即衰苗僅存,而挺秀亦稀,蓋緣泉地苦熱,而其性與劍蘭不同,以劍蘭之法養之,故不宜耳。予已傳其種法,欲携之歸,以作齋頭清翫云。

春光淡自媚，春草細如絲。忽見幽芳發，山中開幾時。

其 二

一莖剛一花，綠碧暗香斜。琴援猗蘭操，佩將憶楚些。

其 三

山客厰山阿，山花價不多。沽來憐臭味，幽意在蓬窩。

其 四

獨趁梅花秀，群芳未許先。瓦盆置净几，春色滿窗前。

其 五

但説劍蘭貴，重名不重金。家鷄故自狎，棄置到如今。

其 六

幽意恰相歡，約君歸故巒。已傳種蒔訣，應得久盤桓。

為爰静道人種蘭作道人善琴。

厰得幽阿種，移來羽士家。已知交臭好，轉覺道心嘉。入室芬堪挹，猗琴韻更奢。可無尊酒賞，孤負此芳華。

四思詩悼亡友也

余生平百凡俱懶，惟求友一念頗負熱腸。其筆研久交、意氣相許者，吾鄉則楊師相侗孩、莊宫詹羹若、鄭宫贊大白，西江則李庶常在巖。四君子者，先後騰踏去，俱在館閣。余豈敢自謂能具隻眼，而好事者美譚，謂余與館閣諸公似有宿緣。年來玉樹遞凋，文人不壽，李庶常以戊辰秋去，楊師相、莊宫詹以己巳春冬去，僅存鄭宫贊一人耳，今亦遽焉長往。客中聞之，不勝凄愴，既賦慟二律，復追舊憶今，作《四思詩》，聊爾長歌，以當痛哭。

楊侗孩師相

師相昔年結社湖山，數奇偃蹇，視子衿若登天。余時再刖閨闈，狂眼共看，搔癢相慰。嗣後肄業山齋，文字彈射，殆無虚日。又越數年，君以儒士聯魁南宮,讀書中秘,余亦改入北雍,雖雲泥遠隔,而意氣殊親。余往刻《就正》、《夢癡》二草,俱君弁言。今其刻集中所謂張敦畫、無季者,皆余囊名,瑞典時賤字也。余以數奇屢蹶,拜受國恩,自分老驥伏櫪,壯心已盡,君尚懊恨搤腕,有不平之色。君既協甌卜入黃扉,意氣慇慇,無異往時,余《都門贈歌》有云:"君之萱堂,呼我爲弟。我之姑子,與君敵體。我循中表親,君執舅甥禮。玉帶已橫腰,退讓猶濟濟。"蓋實言也。君既拂袖,予亦掛冠。私喜謂:可暫陪東山之屐,重尋布衣之歡。豈料仙去之速耶! 夢寐笑語,邈若山河,感今追昔,能不依依?

我所思兮在關西,伯起清風誰與齊。名世文章經世業,燦如星斗亘如霓。每嘆乘車與戴笠,升沉何異隔雲泥。生死貴賤交情見,未信門前廷尉題。憶昔結社共湖山,定交只在杵春間。從此草木欣臭味,十年筆研相往還。我戰閩闈三刖趾,君猶踢踏難泮水。壯心勁骨各昂藏,相看勸勉無頹委。君當壬癸劍氣新,光芒直欲削青旻。北海高搏九萬息,南宮聯折一枝春。倏爾青衿數月餘,簪筆遂入承明廬。爲慶王陽已結綬,殷勤頻寄長安書。我遭屢刖困燕北,天荒地老無人識。強顏拜舞受國恩,冠紳雖忝神僃仄。何事老驥灰壯心,故人搤腕見顏色。龍飛世運政清明,金甌協卜君姓名。聳瞻麟鳳世間瑞,共詫夔龍堤上行。玄黃方戰未易降,綸扉片地等樊籠。拂袖自將白雲老,歸山猶是黑頭公。君既遙曳謝安履,我亦還依仲蔚蓬。纓湖蓮輿近相望,村酒野船時得同。不謂真仙厭塵世,驂鸞駕鶴遊鴻濛。泰山悲頹梁木折,問奇人去玄亭空。功名富貴如倏忽,白楊蕭瑟鳥號風。

莊宮詹羹若

梅峰、蓮輿相去里許,往時徵文逐社,無歲不舉。宮詹君於余稱同襟弟兄,復締姻兒女,固緣朱陳之好,亦多聲氣之投,社中兩人,更驩相得也。揮麈曠談,四座傾聽。若期會後至,未免寂然。君之功名,吾聞得未曾有。而戒盈去汰、守嗇持謙,大有合老氏之旨。乃年不配德,位不償望,天之報施,竟何如耶! 朝失棟樑,國失典刑,鄉失模範,所可搤腕者,此耳。豈直爲情之所鍾,政在我輩也。

我所思兮古漆園,逍遙鳩鶯與鵬鯤。鼠肝蟲臂隨物化,富貴功名安足論。

吾儕懷友自酸辛,況乃肺肝結契真。少時爲婭壯爲姻,五世通家又比鄰。青陽諸子多名彥,徵文逐社無夕晨。薜荔深處屐痕遍,聽雨亭中杯酌頻。相矜各負霸王志,壁壘楚漢無降幟。看君三奪錦標歸,始覺雌雄分位置。八閩從此破天荒,前無先兮後無企。偶逢濁運遭淹抑,威鳳祥麟衆所識。清朝奮翮遂摩空,不謂中天折其翼。帝曰詞臣蹇匪躬,起居註筆無寧息。身因瘁殞心淒惻,贈官恩數異常式。自君高第十年度,淡薄不改舊儒素。但見傴僂倍慇懃,何曾高視與闊步。每日晨昏兩度齋,一衣幾褶皆層布。滿盈暴殄天所惡,君今不久豈其故。常言妙契房中訣,自葆開元還精血。浪云籛鏗古有之,毫釐千里謬難説。憶君爲我賦贈詩,勉我齊庭鳴躍時。不鳴不躍今如此,九原何以酬相知。余丁卯北上,君贈詩有"吾曹應和端非偶,但看齊庭躍鳴時"之句。君騎箕尾比列星,徜徉逍遥廣莫庭。世人不達莊生旨,猶將修短羡冥靈。

鄭宫贊大白

去秋北遊,道武夷,適宫贊使楚南還,服餌舟中。素交久闊,扶病强起,作半日談。余投以詩,竟憊未和。翌晨各解纜去。舟入蘭陵,遇吴皡菴兄,有傳其凶問至者,相對惆息,然猶在疑信間。比至平湖,晤賴宇肩兄,方知非浪傳也。天涯賦慟,聊成一律。嗣入茗水道院,見其捐金搆閣,額扁輝煌,益增感愴。又賦一律,追憶里社談心,都門把臂,恍如夢寐。諸相知談及,俱以君促箓委罪齕藥。夫脱巾漉酒,一斗百篇,曠懷高興,君誠有之。然不見楊師相、莊宫詹二君,畢生曾有一日沉湎否?名士數奇,文人不壽,自古已然矣。

我所思兮公孫僑,詞章潤色燦瓊瑶。博物聲名重晋楚,一時强大不敢驕。自古才人多轉世,君其後身抑其裔。抒文班馬昔同行,揮毫羲獻今孰繼。當年結社紫雲西,驊騮共驚千里蹄。意氣直將衝牛斗,光芒閃欲貫虹霓。綽如仙子居姑射,矯然野鶴立群雞。瞬息鼓翼冲天去,九皋聲與碧雲齊。承明簪筆推金馬,天禄燃火映青藜。故人自愧黄花賦,知己空負碧眼題。甲子余入都,君贈言有"黄衣賦出文應似,碧眼窺時價不難"之句。長安月色光如波,落魄從君醉踏歌。酌盡每思封泉郡,興來恨不倒天河。貂裘已敝季子矣,偃腹其如公榮何。君是飲中真八仙,脱帽露頂恕張顛。百篇一斗眠自足,玉樹臨風皎可憐。到處咸稱蘇玉局,何人不羨李青蓮。去秋相逢武夷道,衰顏顑頷如秋草。只云近來去住多,詎知永結幽明惱。旅中陡傳驚恍惚,關山阻隔神飛越。平生不作兒女悲,幾回涕泗為君發。蘭陵風,鶴湖雪,峴山雲,苕溪月。刀刲入腸腸欲斷,江河作淚淚為竭。吾鄉氣運當陽九,年來頻吊素心友。文人洩機造化忌,謾說君年促於酒。小年百歲有誰論,大名千秋應不朽。夜臺定遇楊與莊,並班案吏侍玉皇。若問無美近日況,為言窮客懊春風。鼎鼎百年渾如寄,夢寐已歸仲蔚蓬。

李庶常在巘

丙辰夏,余自家侄芝陽官舍歸,過鵝湖筓我真大令,以通家欵留,因得從諸君子遊。結社二十餘人,獨庶常年最少,而青眼相期,素心相暎,更出形骸外。徵文逐社,歷夏阻冬,渾忘其身之為旅也。當時共有鵝湖大社之刻。辛酉,君首壓鄉書,余亦改入太學,每燕市往反,取道彼中,作數日留。戊辰春,晤君都門,繹理舊夢,似與家伯氏有夙緣者,已而果驗。知己、通家,真一時快事。乃夏來善病,膏肓日深,余為點簡湯藥,日再往反。秋間,奉使過別,相對淚下,猶勉作扇頭長歌相贈。比出都月餘,君遂不起矣。且也弓冶不傳,箕裘莫紹,伯道之天,古今同恨。余托肺腑知交,感念存歿,安能已已。

我所思兮,乃在鵝湖之西,石巖之曲。古木蕭疎夾逕陰,澗水悠悠清且綠。中有仙子字青蓮,飱風吸露撫松菊。少小服膺李豫章,異同直欲折朱陸。鵝湖君子多英豪,君尤妙年日初旭。健手垂探驪龍珠,犀鋒雲截藍田玉。當年與君為弟兄,肝膽共傾意氣足。對壘握管歷夏冬,問字敲句費燈燭。興時銜盃擊唾壺,脫略形骸無拘束。素心青眼各自知,南鴻北鯉頻相勗。少年早乘風雲去,海內宗工爭識汝。我屢擔簦上燕臺,往返幾度承鷄黍。卯春更作數日留,錦囊珠璣滿毫楮。開歲晤君燕市東,繹理往日夢中語。文章有神遇有緣,果爾一鳴冲天舉。西園東壁列群英,皎如暗室明一炬。孔李自昔稱通家,歐蘇此日歡新緒。不覺奄奄二豎侵,荏苒遂經三伏暑。從何覓得延生丹,更借仙人擣藥杵。深秋過別赴皇華,憐君雞骨瘐如許。伏枕猶煩賦贈歌,分手竟成絕筆語。長吉玉樓催記文,王勃滕閣空留序。古人共恨伯道天,顛倒於今又如此。西州路,何忍抵。中散音,今絶已。但痛琪樹早凋斲種子,不者人生自古誰無死。

自　　寬

余既作《四思詩》矣,因思四君子中,惟宫詹君稍長於我,餘俱少我者也。宫詹年五十二耳,師相、宫贊二君,未能五十,庶常君更四十不滿也。五年之内,俱化爲異物,獨余半生落廓,視息人間。每憶古人云,已知貴不如賤,富不如貧,但未知生何如死耳。再歌一章,聊以自慰。

草頭露,何霏霏。東方高,朝露晞。北邙上,何壘壘。古今人,去不歸。長我者,已逝斯。少我者,亦爾隨。轉如轂,迅如箭,脆如璃,閃如電。蕉與鹿,夢中見。秋颷生,棄紈扇。黄雲暗,白日衰。賢者愚,智者癡。皓髮鬢,艷色娸。侏儒飽,曼倩飢。清淺意,誰知之。蘭方秀,踏作塵。桂拱把,摧爲薪。白楊風,愁殺人。東流水,去悠悠。西陵樹,鳥啾啾。何問冥椿與蜉蝣,何論一日與千秋,何須行嘆與坐愁。但當擁快妾,衣敝裘,健飲噉,窮眺遊。任蟲鼠,應馬牛。賒得壚頭醉即休,人命不能相勸留。

舟次晤中州沈予諷太學,邀酌蕭寺

苕雪同舟過古城,封侯元爲識韓輕。梁園舊數鄒枚賦,唐製齊尊沈宋名。瀟灑風前臨玉樹,拍浮杯底聽流鶯。興酣意氣如君少,慷慨高談四座驚。

苕上試泉茶歌二十二韻。

火前楊贊皇惠泉見餉,舊茶已陳,新茶未長,不無孤負此水。愛静道人從代溪採得早芽一匊,撥火試烹,甘洌沁肺,清香撲鼻,覺腸胃中俗滯氣冉冉從毛孔中出,亦客中快事也,歌以記之。嘗見《吴興記》云:烏程縣西有温山,出御荈茶,稱爲上品。今詢此中無之,而代溪政在縣之西南,歲出茶數萬斤,佳者不減松蘿。乃交際贈遺中從不見此名號,豈即温山舊址,前代以何避諱而改,山名既易,茶品不尊,好事耳食者必借題以美名,流傳既久,遂湮没莫紀耶？附録于此,以俟參考。

客從惠山行,貽我石泉清。入口甜於醴,開罌皎似晶。奚殊廬谷水,不數石頭城。騎火茸猶澀,酪奴乳未成。霖濛春社雨,孚甲百昌萌。珍重待龍笋,泥封置瓦罌。快來塵外侣,早掇霜中英。品奪龍團貴,搶摇雀舌輕。粟芽纖片片,鷹嘴細盈盈。恰與名泉會,試將活火烹。蟹魚初過眼,松雨遂聞聲。碧緑雲光映,馨香烟氣生。一瓶剛自瀉,七碗霎然傾。換骨消塵惱,滌腸散宿酲。党姬纔識味,陸羽已陶情。既濟泉源好,誰云水厄驚。温山今埋蹟,御荈舊知名。胡爲没湮久,或緣世代更。空華時顯晦,物理有枯榮。浪羨仙人掌,真嘗玉女莖。諸君幽遠意,何以報瑶瓊。

楊贊皇雨中投詩索和

怪爾題詩寫雨愁,眼前度事付東流。剛於動忍知增益,漫與支離説唱酬。曠意何須彈客鋏,雄心頻自看吴鈎。玄亭奇字容相問,載酒從君且細搜。

袁秋浦、楊贊皇、吴發明招遊毘山

何處春郊不徜徉,野航村酒恰相將。堤頭歷亂柳梳線,緑底妖嬌鳥奏簧。忙趁麗人拾茜翠,閑聽孺子唱滄浪。踏歌那管歸來晚,疎月斜飛過曲廊。

袁秋浦山人以小影索題

三丈高春酒半醒,焚香揮塵讀黄庭。劍囊猶帶風塵色,到處何人不眼青。

其二

山水長康第一流,揮毫落紙凌滄洲。曠懷傲骨鬚眉見,可似君家彦道不。

其三

自是人間一謫仙,綦巾野服意翩翩。蕭然抱膝嗒然喪,羡爾無懷與葛天。

從鄰舍乞得紅牡丹、白繡毬二枝

金谷叢中萬朵新,折枝分得膽瓶春。雪白霞紅嬌相映,恍憶天涯夢裏人。

其　二

華清妃子醉猶醒，姑射仙人皎似瑩。分付東皇休管束，携尊鄰舍趁春晴。

楊贊皇雨中同赴胡吉雲司
李之招，以詩見投，次韻答之

顛風急雨苦天涯，鍊補無從問女媧。索食飢喧解語燕，領顔催謝可憐花。誰人載酒問奇字，有主開尊散午衙。自是臨邛座上客，不須摻作漁陽撾。

潘次蘭文學寫梅索題

誰將米筆寫霜姿，老幹枒槎鐵似之。憑逐暗香夢裡去，依稀猶想羅浮時。

其　二

玉骨冰肌秋水神，壁間長掛一枝春。試來此日調羹手，應是他年鼎鼐人。

留飲秣陵荆實君孝廉，適楊贊皇見過，同酌

浮玉江中寶氣芬，荆山倒壓研山雲。十年神往謬知己，萬戶願輕緣識君。忽辱高軒粗下榻，共傾尊酒細論文。南金產處並增價，更喜雙精一座分。

汗漫唫六集 武林草南還草附

題　辭

　　張無美世叔過武林，扁舟泛湖上，邂逅歡甚，因得吾師近履甚悉，遂相視移日，覺先生之動靜語默珊珊鳴也。先生之深於詩，豈必以詩哉！未幾而出所著《汗漫唫》相示，風致翩翩，恍置身層霄，兩腋御風，聳然仙去。迨余別無美返會稽，未旬日，而先生之詩又盈帙矣。大抵境之所會，觸即生響；機之所流，動輒成趣。若大造之噫以成風，而實非怒號之聲；若美人之歌輒停雲，而實無繞梁之態，洋洋乎盛世之音也哉！余誦古今之詩，自《雅》、《頌》、《國風》以迄近代，大抵發乎情，止乎性，其間事有明晦，境有逆順，悉寄之於詩。要之，達其胸臆而止，雖作者不自知也。

　　無美出入承明，一旦脫屣，遂返初服，恣情烟霞，隨筆點染。而吾師當日維挽之妙用，與一生憂樂之苦心，亦時於詩中婉逗之。無美若曰，山川有靈，當爲吾伯氏知己云爾。然則，吾師之於無美，豈求人知者哉！雖然，自古來忠臣孝子，勢當窮極，有痛哭流涕所難施者，每借力於詩，而千載上下史册所不經載者，亦恒不朽於詩。若李白之《清平調》，以飛燕觸忌；而老杜每於憂愁困苦中，發抒其忠愛之隱，是無論其浩歌微吟，莫非流涕痛哭也。自闖焰燎原，吾師之與無美，塡篋叶響，寓諷刺於嘯歌，以潛奪其魄，孰非得力於詩，但知者寥寥耳。然執無美之《汗漫唫》，采而存於史册中，百世而下，行有知己，安在其寞也。則謂是吟爲無美之詩，可謂是吟爲無美之史，亦可矣。

　　癸酉秋日，周鳳翔拜手書。

武 林 草 叙

　　蓮水先生爲余師門介弟，埒長者行。若以先君之誼，則竊從昆弟好也。蓮水出處大節，視吾師詩注書法，高踔淵肅，雲螴霓蠹。視吾師之遊也，屐吴山，棹語溪，臨鸂洲，縱苕霅，低迴西子湖，睇白蘇之風流，吊錢鄂之英概，朝嵐夕月。飽拾奚囊，歸而出吟牘，侑式燕，既翕之歌，似又視吾師五柳幽懷、三閭騷思，所不屑一點太虚者，蓮水筆筆宛寫，正如以水印水也。余本感人時齆無裨若士，汗漫寔獲心焉，因讀《武林草》而弁之。

　　長水譚貞默拜手書於湖上之栩榭。

序

昔會無美於李家園,見其家學雄富,塤篪迭吹,頃刻千言,情章太出。談如白之粲花,説即匡之解頤,彼時快甚。言虚無道流許與洽心,如莊、楊、李、鄭諸名公,皆肺腑於無美者也。比予北行,見無美秘書中,爾時諸公亦各就列蓬山芸署,酒德琴才,日與無美共之,雖予不肖,文質跡内,時從而後焉。無何,玉樓之召,諸公接軫先行,則無美爲之賦《四哀》云。而無美亦遂飄然纓冕之外,遨游山水間,將墨瀋之氣,幻作烟嵐,而性靈之極,高迥赤霄。其武林諸近詠瀟散清新,馥然雲散,荃蕑之韵而燃緑林之膏也。翩翩然如朱鷺青鳥,暢言於朱霞之末也。嘗以三雅之文藻,抒風流之吐納,澹媚則金湖新荷,嫋娜則鶴亭疎柳,犖李、杜之雄厚,陶、韋之曠遠,惟所揮灑而無不如言者。計其瀼瀁汧、渭,沃日盪雲,當不特採勝湖光而已,抑亦江山有以助之也。予非具神淺者,然落落鄙人,見兩子浣紗江畔,自忘薪忘芻,合喙而跂嘆之矣。

友弟東園吴載鰲頓首序。

吳皭菴明府晚酌湖上

笙歌人散夕陽邊,烟樹淡雲靄可憐。丘壑從君稱吏隱,風流此日繼坡僊。月明水色兼天净,寺遠鐘聲隔塢傳。似我東湖亦不惡,何時共對野鷗眠。

贈錢塘魏蒼雲大令

世事于今嘆沃焦,東南半壁可蕭條。欲寬窮赤一分賜,甘悴勞臣五斗腰。襦袴千家追召杜,謳歌百里起漁樵。漸思舊有匡時策,好振家聲答聖朝。

讀吳仲濤比部監兌疏刻

賢勞夠輓事,黽勉叩宸閽。誰識孤臣苦,難蒙聖主恩。雷霆無竟怒,睍雪有消痕。且向東山卧,浮沉安足論。

吳仲濤訂飲湖上,阻雨不果

却愛湖光好,壺觴許共携。滂沱没古渡,魚鼈舞新堤。棹豈山陰反,門非凡鳥題。晤言艱咫尺,客舍各凄凄。

潘次蘭文學自苕上來訪,兼寄諸知己

政爾索居恨,跫然喜足音。難逢今夜話,怳見古人心。苕水烟光媚,湖山秋色深。多懷清遠意,何日再登臨。

吳皭菴見余四思詩,以詩見投,有不平之憾、指點之語,次韻答之

何事啣盃問碧天,古今幾數達人賢。少陵長嘯休同恨,常侍老歌空自憐。

欲向具茨來問道,從無半偈可參禪。德山法捧當頭下,似吼獅聲一憪然。

湯穉常孝廉、穉含太學招飲湖舫,遇雨

斗酒猶堪破寂寥,招携各上木蘭橈。一枰碁子丁丁落,十里荷花的的飄。雨勢長驅連海運,波紋平湧變江潮。忙維烟棹垂楊下,錯認蘇堤第幾橋。

七夕詞

向晚涼颸枕簟秋,仰看大火下西流。懶從儕伴學穿線,暗數孤零羨女牛。

其二

烏鵲佳期歲一回,人間此際空徘徊。年年不斷銀橋路,夜半何須灑淚來。

光福庵屏石上人以閩僧入越,開山結寺,詩字亦工,歌以贈之

闢地誅茆龍象新,鄉音衣鉢本吾閩。隨緣香積無些子,解帶山門有幾人。流水行雲世外意,臨池敲句眼前身。何時脱却塵生惱,許傍幽栖好結鄰。

訪屏石上人菴中,偶纔出門往天竺,留題几上

爲訪遠公到此間,芒鞋敢説費躋攀。禪心未許同玄度,交臂故應失道顏。架上爐灰還半熱,筒中詩草未全删。錫飛總在雲深處,可是諸天第幾山。

秋日湖上即事

落葉亂紛紛,凄清惜離群。風顰西子面,苔暗鄂王墳。四野團秋色,千峰罩暮雲。征鴻天外誦,孤客不堪聞。

秋初吳皞菴席上訝李仲悔北上秋闈,未到

成名固不早,强仕未爲遲。胡過搏鵬息,猶虛買駿期。達人應意遠,知己每情癡。更有而多恧,躊躇對客卮。

過李我存先生山莊，見老鶴壞翅，慨然有作

主人別去幾經年，搖拽倦鳴竹樹邊。憐爾柳瘦生左肘，翛然舞袖缺東偏。可能放翩孤山外，未許掠舟赤壁前。華表令威何日反，空留病骨老癯儸。

湖上獨眺

玻璃萬頃草芊芊，避客尋幽此地偏。簫鼓叢中觀自在，雲烟深處幾僧眠。

送阮霞輿司李按部會稽，時海警頻報

海上鯨鯢勢轉驕，簸風鼓浪沸如蜩。砭膏曾見一方手，濟險終須五石瓢。驄馬澄清知攬轡，蘭亭陳蹟漫題標。樓船欲作三軍氣，爲道投醪勇可招。郡東有投醪河，勾踐行師，投醪上流，士氣百倍。

于墳吊古八首。

馬鬣湖干骨已枯，忠名千載吊岳于。運當厄處空刲背，勢到難時能惜軀。

其　二
當年北狩政危疑，一夜羽書數十馳。築室盈庭無掃却，依稀幾見靖康時。

其　三
誰把乾坤社稷扶，控惚之際轉安娛。鄂王地下能相問，遺恨徽欽終鬼胡。

其　四
王氣興朝宋祚微，于魂歡喜岳魂悲。悲歡不爲生前事，唯有青天白日知。

其　五
景皇易儲事難移，漫怪先生無一詞。未得挽回空碎首，徐看天意定何如。

其　六
鼎器總歸龍鳳姿，天工豈許一人私。德昭暗爲韓王死，那得藩邸遵養時。

其　七
奪門孤注貪天工，不殺先生功不隆。此日只應拋一死，當時已鑒聖明衷。

其　八

鼎湖復辟自尋常，只爲功名急着忙。到來都被功名誤，贏得忠墳姓字香。

病起，戴虞正文學招飲放鶴亭

歌舞烟花地，壺觴無日無。興來時獨往，伴過每相呼。泉漱仙翁冷，山留處士孤。病餘乏勝具，鷄骨倩人扶。

仲秋送戴虞正還新安，兼呈畢鍾巒孝廉，曾約今春爲黃山之遊

青眼曾看阮步兵，當年戴籍幾登名。快從臼杵稱傾蓋，忍向壺尊唱渭城。八月乘槎歸客況，三秋采葛故人情。若逢吏部能相問，爲謝顚張負夙盟。

秋　思

時序驚心日九廻，天涯遊子隔崔嵬。纔傷乳燕辭巢去，又見征鴻結陣來。

李仲右遠縅相問，并投一絕，次韻寄答

尺書萬里開緘處，政是秋江搖落時。節過重陽陽月節，歸期說與故人知。

晤譚工部掃菴，兼乞敘言

劍書燕市舊同游，猶記別來甲子秋。世路雲泥知己隔，生涯牛馬故人羞。三都自昔誰增價，工部於今第一流。若到寶山空手去，可能虛上錢塘舟。

周夢坡文學小影索題

飄飄欲吸藐姑雪，皎皎似臨玉樹風。據地手披周易卷，怳疑身世出鴻濛。

其　二

修枝原自干霄漢，結實也應棲鳳凰。總是凌烟圖上客，肯容傲世學東方。

中秋有懷

金風搖落楚江濱,萬頃波光浸碧輪。故國共圓惟悵爾,今宵隻影獨隨身。畏看蒲柳傷衰病,到處湖山漫主人。泣露寒蛩砧杵切,不堪孤客淚沾巾。

偶占

由來兒女道情真,金繞天涯寧對貧。早識天涯貧亦爾,悔將書劍老風塵。

吳皜菴、仲濤二兄訂以賤生携觴

敢説懸弧旦,空羞下地時。行囊長鋏在,生事蠧魚知。短鬢催將雪,文心盡更癡。故人容我媿,尊酒漫相移。

賤生獨酌

牢騷羞對懸弧辰,煩惱猛知前世因。青史閑添千古恨,紅塵忙盡百年身。幟分楚漢爭誰在,夢入邯鄲得幾人。過去未來休着想,但斟濁酒滿壺頻。

南來人爲道李平子以鴻鯉久疎見訝,不謂風塵牛馬中,尚有知己見念者

祇羞半幅寒涼字,金玉敢云遐爾音。懊我偏深憐我意,今人還見古人心。鱸蓴風起催歸棹,葭管灰飛到舊岑。拙圖從來觸政酷,任將罰酒滿壺斟。

吳皜菴以銀瓶井詩見示,次和

曹家江水岳家井,千古二娥吊貞影。世上鬚眉許丈夫,芳名曾似女流永。

爲程侄將以季夏會試北上,計期入武林當在中秋,杳然有懷

飄落風塵客,家書經歲遲。鵬摶六月息,鴈到中秋期。阿阮咸堪語,諸王湛

故癡。跫音今尚杳,惆悵大江湄。

夜　坐　偶　成

百會何如百不爲,到來都與素心奇。混冥老子近相識,癡事癡人癡却宜。

其　二

惠水岘茶蘇白酒,六橋烟柳灞橋詩。逢塲到處多樂事,忙逐紅塵那得知。

其　三

山鳥山花閑自媚,海鷗海客兩忘機。静中領取箇中意,露湛風輕月上時。

周巢軒太史晤次細詢伯氏動履,賦此答之

閩海老臣偃蹇時,素心説與故人知。自從黃石赤松去,一任翟門鳥雀棲。酒甕墨池供懶散,琴僧棋伴足追隨。天涯遥想多應健,近憶惠連纔寄詩。

贈黎博菴學憲

文章氣運總相關,未信江河終不還。自有昌黎能振起,若逢永叔徑批删。渤溲都入藥囊料,桃李争新時雨顔。媿我井蛙難語海,但從景行與高山。

送湯穉常孝廉北上

定交臼杵昔知名,意氣天涯説弟兄。采葛三秋離客況,驪歌一曲故人情。

其　二

北海鵬騫水擊之,南山豹隱霧開時。變衰秋色侵書劍,會看上林花滿枝。

其　三

燕市黃金高駿名,春風踏送馬蹄輕。登車戴笠能相憶,可有南鴻時寄聲。

爲程、長正二侄會試到武林,留酌湖寺,適吾閩新榜至,見爲龍、爲濟二侄並捷,志喜

會逢肉骨慰他鄉,飛報捷書到客艎。雙合龍精争閃爍,並枝蟾蓙鬥芬芳。

曲江祖澤門風舊，黃石帝師世代香。莫怪老夫屐齒折，共傾尊酒醉洋洋。

楚衲彦白閩歸，出近草相示

湘羽何年振錫遊，芒鞋踏破已經秋。頓除纆鎖驅香象，不礙機關狎海鷗。珠寶滿携衲子袖，石頑齊點生公頭。五千道德爲誰寫，可是西來文字不？

彦上人爲道來歲再入閩，開講建州

東指松枝一衲返，曇摩泛海又新年。法輪重轉青蓮座，講席齊參白足禪。寶積香泉誰錫卓，黃梅祖鉢幾燈傳。壺山他日雨花處，自識雲光再結緣。

崐山伊文素文學貧，隱於繪，骯髒
之氣，時見鬚眉，歌以勖之

青眼矜狂客，岸冠笑腐儒。上書辭北闕，壯志失東隅。泣別舌還在，樂耕道不孤。崐岡終剖璞，未可小胡盧。

其 二

伊人多雅韻，繪事固其餘。祇借煙霞爾，聊消歲月歟。滄洲生顧虎，墨水活枯魚。投筆他年也，看君一掃除。

錢 塘 看 潮

離客多秋思，何當破寂寥。興衰遲八首，候滿看三潮。萬騎追風吼，奔鯨噴雪驍。壯心消未得，強弩憶前朝。

客　問

怪爾日來神骨枯，湖中煙景也堪娛。拍浮豈爲醉鄉苦，憔悴莫緣詩思癯。

答　客

白雲家在海東隅，衰病驚心歲月徂。露冷芙蓉秋又老，懶移烟棹過西湖。

湖上即事

鷗渚鶴汀外，寒雲冷樹邊。丹楓披絳帳，黃菊擲金錢。志士悲衰日，懷人惜別年。長歌宋玉賦，對此益淒然。

南還過七里壠（瀧）

猶憶來時半日工，今朝瞬息似飛蓬。天公若解逢人意，兩岸中分南北風。

龍游舟中，竟日如注，一葉飄浮，似入水國中

輕鳧泛泛浪花浮，烟雨迷密覆上頭。天水相連渾一片，茫如混沌未開不。

其二

傾瀉天河似倒瓶，篷頭直與天爲鄰。便通咫尺銀橋路，何事乘槎問漢臣。

其三

水晶洞府隱仙宮，欲借漁人一棹通。仰覆看來同合瓦，跏趺偃臥在其中。

信安兩岸柏樹經霜，碧葉殷紅，珠實纍垂，一望爽然

逍遙棹入擦溪東，列幛丹紗夾岸煌。豈是桃源別有種，祇緣山樹怯經霜。

其二

鐵樹枝頭掛絳囊，明珠顆顆綴琳琅。自添十月陽春色，錯恨凋傷五夜霜。

其三

撒地燕支簇錦圍，隨風散作彩霞飛。深宮昔日誰題字，寄向江頭去不歸。

清湖泊岸

布帆風正便，平穩出千灘。既濟涉川險，還驚度嶺難。

其二

越水到涯盡，閩山隔嶺遙。僕夫應早戒，留滯只今宵。

清湖旅滯

難望主人腹,故教遊子遲。到家虛計日,客路枉前期。樵豎將歸逕,鄰雞欲上塒。殷勤謝逆旅,能念出鄉兒。

路逢周台石京兆,以久旅相憐

馬首各西東,離情訴向風。殷勤吐握意,造次片言中。

其二

歸路訊來期,星霜訝再移。壯遊寧敢擬,多似茂陵時。

枕上聞雨

漸近鄉關客思迷,漏長輾轉候鳴雞。無端幾點茆簷滴,生怕明朝滑馬蹄。

過大芋嶺

迢遞揚鞭急,夕陽落照低。但師老馬去,未暇灞橋題。曠野哀鴻訴,酸風古木嘶。雲中有犬吠,茆店過峰西。

過仙霞嶺

沓嶂懸崖複疊巃,岫隟馬首撲西風。雲迷千嶺空翹望,家盡海頭東復東。

夜宿灘頭

飄泊煙渚外,魂夢水聲中。舟子軒軒息,離人耿耿衷。廻腸翻舊句,渴想到新豐。不識睡鄉路,崎嶇何處通。

建州舟次逢沙縣程黃輿父母入覲

立雪當年事,仙舟造次尋。史溪通劍氣,潘縣接花陰。人遜匡時策,天葵捧日心。崇文多啓沃,流韻到如今。

浦城逢周認爲公祖入覲

旋南買棹日,趨闕脂車時。白鶴前旌指,清風拂袖隨。飛鴻欣信宿,憇樹長新枝。借寇應從願,漫歌九罭詩。

過黯淡,宿劍津

劍光黯似霧,囊色淡於雲。愧此淬騰勢,不堪持向君。何時龍躍去,精氣衝星文。

爲龍、爲濟二侄北上,寄謝浦城楊無山大令。前曾以宦稿相示,而二侄秋榜俱出其門

卿雲千舌景高山,名世代興五百間。仙吏仕優聲嘖嘖,花封錦製色斑斑。嘗蠡早已知全鼎,窺管何曾見一斑。玄草二咸能問字,公門桃李喜躋攀。

偶　題

腰橫尺水映金魚,一紙當師十萬餘。獨有愁城攻不下,醉鄉乞得魯連書。

莆陽旅店

始知冬夜永,客路倍迢迢。漏遲催燭短,簟菲任霜驕。腸數車輪轉,夢驚馬首遙。鷄聲曙色近,閶闔已曉曉。

汗漫唫七集轉蓬草

序　　言

　　嘗聞山有怪石則靈,水有湍瀾則秀,而問本窮源,究竟靈秀,端不關是。良以靜深之脈,自有本也,悟此而可以識文家之詩韻矣。《語》曰:"詩有別腸。"夫腸別,則其徵。而爲詞,丰華別,韻致別,併意想亦別,而終不可謂源本於學識者。如漣水張師叔,少負英穎,宿名鱟序,吾師二水嘗期之以木天接武,既而數奇不偶,隨吾師讀書中秘,而平日名世之文章與夫牢騷之意況,終不能鬱諸懷而不吐,因以掀雲揭日之才,寄之探奇覽勝間。每有所觸,則拈一韻,每成一韻,咸足奪唐、晉諸名家之席而踞其上。

　　丙子春日,漣水師叔自鵝湖、武夷歸晉安,道經建州,以《汗漫》七集見示。捧讀一過,見其丰華掩映,則有如名花簇林,飛霞照水,艷美奪目也。見其韻致嫵媚,則有如美女臨風,新枝著雨,輕盈欲絶也。見其想路靈奇,則有如摩霄俊鶻、掠舟羽衣,來不知其所自去,莫測其所歸也。謂非有別腸不可,而要皆源本于吾師之家學,故其詩不特出之以錦心繡口,毫不涉寒酸,望而知爲五陵裘馬,抑且持之以卓識熱腸,併不耽曠逸,真不減台閣氣象耳。

　　昌儒少習章句,素不諳明弄。自戊辰受知於吾師,己巳解職西曹,庚午奉命,濫竽粵闈,間從白雲署中,庚嶺道上,偶成俚句,纔舉筆而即付祖龍,以瘦颜不堪再照也。迨入建州,三年間簿冗僕僕,形神俱敝,即欲展讀古韻,而幾不得卜片晷之暇,又何能對此新詩而勉爲續貂哉!第留是集於案頭,以供公餘玩讀,庶足以滌塵襟而消俗慮,則漣水師叔實傾家學而明以授之後學也。昌儒即以是集作程門之奉教云。

　　時丙子春仲,題於建州之臨保公署,通家晚生周昌儒識。

過錦田，訪長正姪孫新第假歸

去秋分手浰江湄，此日登橋馹馬馳。錦里光添新氣象，鑑湖澤衍舊孫支。不甘溫飽平生志，肯負袍韠全榜時。世事蜩螗需整頓，故山叢桂漫栖遲。

過玉獅嶺

五虎生獰東海陬，黃公衰老赤刀愁。分明百獸知降伏，故踞猊獅鎮嶺頭。

贈侯官趙玉潊明府_{舊爲南安令。}

漫云百里大才疎，再試庖丁遊刃餘。九日棠陰歌蔽芾，三山麥穗飽耕鋤。自隨清獻之官鶴，欲佐太平半部書。外吏仕優新館閣，佇看簪筆承明廬。

登平遠臺_{時海氛未靖，榆關報警。}

旗鼓中分五虎嵯，無諸開國舊山河。魚鱗萬井連滄海，雉堞千邨暗碧莎。素女盤空螺殼粟，大姨風湧鯨鯢波。巖關遙道羽書急，直北烽烟今若何。

贈徐在菴明府_{舊令建安。}

五載賢聲領八閩，一朝揚散等灰塵。謗書樂子幾盈篋，投杼曾參果殺人。自信斯文屬後死，盡將浩劫付前因。深源呦呦渾閑事，且向磻溪隱釣綸。

似張群玉明府_{舊令莆田。}

接地黃雲白晝陰，風波宦海足浮沉。陽城政拙自書考，即墨封高誰好音。

一任如簧供婦口，但將似水照臣心。晛消雨雪無難事，聖世還需旱作霖。

送楚衲彥白與徒大車開講建州次伯氏贈韻。

得解南宗誰着先，黃梅衣鉢一燈燃。如來寶踊耆闍地，舍利光分兜率天。自識旃檀多白足，會看火樹變青蓮。生公説法空臺冷，頑石於今再點禪。

張群玉邀酌西園次其來韻。

樗散薪勞漫品評，天涯傾蓋倍多情。各羞刺促學兒女，且喜賡酬快弟兄。三徑黃花秋後老，數樽綠蟻客中傾。白衣蒼狗任觀世，繐眼真如一局枰。

林緝台世丈初度，仲氏徵君寫壽意索題

君家和氣滿堦除，棣萼稱觴祝慶餘。遊遍五湖尋道侶，閑來一室簡丹書。松根石髓千年老，桂馥蘭芬旭日初。搔首故人何以獻，三山壺島舊仙居。

徐在菴以詩册索題

豪氣於今第一流，高名誰不羨南州。四郊花滿簿書暇，百里風清琴鶴幽。拂袖無難輕五斗，當盃那肯易千秋。宛溪烟水敬亭月，批抹何人共唱酬。

福唐林建侯尊人亮夫，隱德君子也。
移居洪江，至後初度，醵詩爲壽

三山壺島接潮音，象渚螺江恍可尋。豪氣知名湖海外，大年隱德鹿門深。衣冠烏巷多稱謝，石竺真官舊姓林。詞客觥籌應滿座，長添一線醉花陰。

送徐在菴明府代作。

長安薦剡幾連篇，閩海政聲讓汝賢。只爲哀鴻驅雀鼠，遂教德鳳詆鷹鸇。塞翁得失蒼衣外，陶令去來荒徑邊。饒有敬亭山色好，孤高甎伴白雲眠。

楊康侯新第假歸，三山晤集，時以風雅相政。
余且理棹入劍州，臨別却賦

羨汝寧馨器，深余老大悲。難將彈鋏況，説向題橋時。津浦征帆遠，鄉關去馬馳。子雲今轉世，容易舉稱詩。

李玄同詩丈以詩見投，次韻酬之

飄然世外一儔翁，舌劍雄生八面風。同調各憐傾蓋晚，知音獨喻不絃中。媿余公子腸爲蟹，羨爾高人品是鴻。降幟自分楚漢後，敢誇墨守待輪攻。

送樊紫葢觀察視汛福寧，偶感時事

天峰太姥勢嶙峋，柏府分符譽望尊。地抗越閩關鑰鎖，名高韓范富經綸。先臣批瀝忠君譜，遠海馳驅報主身。袞職于今需補闕，禁中排闥屬何人。

贈張肅將明府，次其來韻舊令寧德。

浮漚底事漫愁余，道法應知世法疎。白鶴峰烟頻拂舞，緑林氛氣近消除。何人南國不歌德，有客漢廷欲上書。遙望琵琶山下月，清輝分映到茆廬。

讀林建侯兩秋吟有序。

往從黄汝遜社丈見建侯林君《紉蘭唱酬》諸刻，時已不禁神往。兹入三山，復得其《兩秋近吟》，讀之益津津喜也。夫有秋有月，古今同照，天地何曾私一人？至建侯，若私擁而有之。今讀其詩，琳琳琅琅，或招朋爲伍，或對影成三，雲情雨意，菊韻琴心，無不供其傲嘯。且也羲和迂轡，再展一月以盡酬，其批抹之趣，似不許我輩平分也。古來騷人墨客，題咏不乏，宋悲杜興、庚登王懷，大抵觸境感遇，以寫其牢騷無聊之況。建侯年方壯，氣方鋭，中原牛耳，定不讓人。乃董帷之暇，餘緒及之，遂欲壓陶、謝而役沈、宋，長袖多財，賢者固不可測耶。《子虚》、《長楊》，代多賞識,木天金馬地少君一席不得,異時清廟明堂之章,鼓吹休明,膾炙壇苑,固知在彼不在此耳。昔蘇長公不善飲而喜善飲,余不善詩而喜善詩,讀建侯諸篇,真不覺浩浩落落然。寄語汝遴爲先馳,檄建侯於螺江、金山之間,旗鼓相待,更多備蘭陵數石爲酣戰糗具,余且盡破其錦囊,掠其珠璣,擊唾壺而和之矣。

曾於蘭紉見揮毫,珠玉繽紛酒興豪。佳節況逢今月閏,狂吟應比去時多。曲來郢雪和終寡,紙到洛陽價亦高。媿不學人焚筆硯,還將浮拍引風騷。

客中留酌李玄同,黄汝遴二社丈

潦倒乾坤客此身,湖山容懶亦容貧。周旋已久寧爲我,籬落誰甘長寄人。快有羊裘交結好,慙無鷄黍往來頻。閑情自覺滄洲近,何事勞勞更問津。

章岵梅觀察招飲,賦謝

千章高蓋戞雲天,美蔭弘開玳瑁筵。家本蘭陰應臭似,人來武庫故森然。_{章蘭谿人,舊爲兵部郎。}換龜媿索季真醉,濡髮偏容長史顛。共説萬間多托庇,更誇此日獨登仙。

林茂之詞丈同赴張群玉明府之招,翌辰以詩見投,次韻爲和

何來竹葉春,況乃得嘉賓。放鶴當年韻,識荆此日新。才真成倚馬,語必欲驚人。決拾終難禁,敢云步後塵。

張群玉招同徐在菴、林茂之酌薛家園亭却賦以下十八首俱用前韻。

候催近小春,鴻鴈久來賓。書劍秋風老,鱸蓴旅思新。渴偏病犬子,數每奇文人。借此壺中瀝,飛澆陌上塵。

其 二

倒却甕頭春,今宵逢惡賓。呼盧籌未半,説劒舌方新。各有同舟意,相看失路人。他鄉此夜月,萬頃絶纖塵。

其　三

揮談四座春，投轄爲娛賓。世外風流遠，尊前意氣新。我謬稱狂者，君多恕醉人。留髡且送客，未忍逐歸塵。徐、林先逃席。

旅舍招徐在菴、張群玉、張肅將三明府同酌

葭管欲回春，茂陵共作賓。談心知己少，同調締交新。吳在菴蜀群玉黔肅將閩客，東西南北人。醉鄉容潦倒，底事付灰塵。

其　二

共醉玉壺春，形骸略主賓。各拋青眼舊，不作白頭新。得意詩催句，開襟月媚人。天涯多慷慨，未敢嘆風塵。

其　三

詞客擅陽春，相歡迭主賓。風流滋小過，月旦任更新。法祇自尊我，籬安肯寄人。時藏蔽面扇，莫污元規塵。

其　四

京華昔日春，觀國同王賓。敞帚自金享，學粧箇樣新。步聯青瑣客，燕羨曲江人。遮莫眼前事，灰飛化作塵。

月下獨酌

酒鄉氣似春，月乃酒之賓。醽淥湯湯滴，冰輪皎皎新。頹然置一我，恍爾成三人。謾學登樓賦，憂思祇自塵。

旅中即事

遮莫百年春，風花入幕賓。鹿蕉空夢化，棋局換枰新。嵇阮箇中意，羲皇以上人。隨他道傍子，日趁馬頭塵。

其　二

白髮謝青春，百年渾作賓。烟花過眼舊，世事逐愁新。且進盃中物，時邀我

輩人。悠悠千古恨，同盡北印（邙）塵。

其 三

放開眉角春，從事足良賓。醉任顛成癖，句推陳作新。雌雄憑說劍，啼笑敢依人。清淺三山下，行看滄海塵。

留酌黃汝遴社丈

歌發郢中春，往來無雜賓。唾壺敲句險，拈韻得題新。守拙睽時好，懷高想古人。彥回頻見過，爲拂牀頭塵。

憶 家

池塘入夢春，千里嘆爲賓。酒聖從年減，書淫逐日新。時逢場作戲，路見鬼揄人。漫寄諸昆語，恐憂客路塵。

早 梅

纔放一枝春，衆芳未敢賓。老稍剛傲冷，弱蕾暗偷新。笑索巡簷者，興催東閣人。此間相對寂，猶勝逐嚻塵。

偶 題

減却眉頭春，多緣苦俗賓。交惟求舊好，文不逐時新。鯁骨難逢世，猪肝敢累人。甔中無斗粟，日久任生塵。

至 日 獨 坐

客邊逢小春，無酒亦無賓。一線長初至，二毛短換新。凢今知喪我，詩果能窮人。獨索梅花伴，孤清不染塵。

林徵君世丈晚來招飲，曙鍾始散

夢回故國春，寂寞可憐賓。悄爾索居恨，登然折簡新。千鍾不速客，五夜未歸人。興盡山陰也，高懷豈世塵。

盆中古梅紅白初放，招徐在菴、張群玉共賞

日長一線春，梅口欲呼賓。老態牙叉古，淡粧脂粉新。榻分高士韻，厨半步兵人。猶憶羅浮醉，松林香滿塵。

讀洪江社詩刻，賦呈曹能始觀察

建安風雅久銷沉，當代誰還正始音。元象舊傳秋浦集，希聲近振石倉岑。東山品望高於謝，絳帳歸依衆似林。一自鈞天聞異奏，雲門未許作蛩吟。

三山藍任夫、鄭孝直、陳偉卿、林豹生諸詩丈同來見訪

晉安似昔建安時，壇壘森森樹鼓旗。是客皆工神女賦，何人不識外孫碑。孤山梅噴藍田玉，華洞丹芬谷口芝。自愧步兵名下士，相逢容易說稱詩。

贈徐在菴明府代作

丈夫傲骨豈人憐，宦海風波付偶然。興謗麛裘曾昔日，居東袞舃亦三年。孤臣自信心如水，折坂寧容直似弦。共識南州高士韻，肯將紳笏易雲烟。

贈忘機周道人周，蜀人。

竹杖蕭然獨往，芒鞵到處爲家。任他水落花謝，快我朝烟暮霞。

其二
瓢來踪跡無定，家在峨眉幾山。聊托傳經肘後，隨緣遊戲人間。

其三
韓藥誰知姓字，費壺自足春秋。休羨五侯七貴，等閑三島十洲。

其四
可是義山轉世，或疑岐伯後身。採芝賣石生事，椎梚補鍋輩人。

其　五

時見衣衫落拓，日從城市婆娑。世上黃塵滾滾，醉餘踏笑呵呵。

其　六

那分內養外養，漫說小還大還。參透忘機兩字，諸宗總是一般。

贈福安巫疑始明府考最

世事非疇昔，匡扶屬我公。牧唯去害馬，澤已息哀鴻。到處隨車雨，時來解慍風。王家推作乂，應首冠巴東。

松石歌壽胡厚菴藩伯老師

青鏐千丈鬱盤龍，鼓文煉鈒卷芙蓉。喬柯艮嶽摩璇漢，宿近支機髓佐饗。織簾廟側月泉吐，鑄印溪前龜兆古。霜幹雲膚養偓佺，吾師久道尊公祖。太姥峰奇三十三，畏壘容成學種藍。吳興先生推安定，夢刀遺澤鼓樓南。白雲封署爽鳩樂，誰可朕虞咨汝作。姑孰熊旗領豫藩，徐州淮海移春脚。欲借文章變越謠，重擁干旄虎渡橋。紫氣浮芝營列柳，祇今戶誦使君潮。褰帷并舊車傍鹿，節度風薰經路熟。清畏人知梟事陳，月是卿光星是福。攬轡甸宣憩劒津，袞衣霖雨獨私閩。自從餅啗綾紅齒，已卜護籠紗紫身。金甌求舊遲元老，草履傳聲徵羽葆。況復池毛蚤食苹，耻次鑾坡需視草。歐公門下媿劉蕡，朝班一點狎麋群。枕流不入咸陽市，廛隱常瞻車蓋雲。灰飛葭管尌元氣，揆覽生申頤鼎食。畫省丹砂引大年，文犀朱戳扶皇極。封松拜石上霞觴，小草深怩陸氏莊。會看歷遍中書考，承露金莖線正長。

壽福唐林徵君世丈初度

羅浮冰雪噴香時，仙子年年初度期。玉管新添襪履慶，兕觥共說岡陵詩。籍原石竹遺丹鼎，塢近蟠桃作壽卮。更喜芝蘭多茁秀，堦前摩撫足支頤。石竹巖、蟠桃塢，皆福唐古蹟。

晚泊小金山，憶浪雲上人

遠公臺畔水淙淙，石磴苔深覆古松。是處布金開寶地，何年振錫卓高峰。廻光倒照夕陽塔，短夢催殘曉曙鍾。東指一枝應不久，莫孤玄度此相從。

舟過劍浦，訪丘羅浮、諫甫二世兄不遇。時送葬山中

依草落花隔幾春，盈盈咫尺復參辰。塵緣未了悲歡債，客路從分去住身。豈敢到門題鳳字，祇虛合劍負龍津。孤舟寂對千峰雪，空憶當年訪戴人。

過延津，憶故友甯鶴徵孝廉

嘆息人琴去，西州路忍過。雙龍沉水底，一劍掛山阿。回首交情遠，傷心客路多。九原不可作，如此夜臺何。

秋間將出門，前數日爲賤生，伯氏以詩見贈。舟中無事，憶韻次和

男兒不得行胸臆，滿百虛生那足長。銷耗雄心惟汗漫，摧殘短鬢已蒼浪。自憐蝎命應牛馬，幾見燕窠伏鳳凰。鴈遠西堂空夢句，計期賡唱在春陽。

伯氏贈言附

去年相憶夢西堂，此日壎箎引興長。豪氣未除仍湖海，浮名已擲付滄浪。尊前健筆凌鸚鵡，池上彩毫屬鳳凰。最喜攝生近亦好，酒徒不復詫高陽。

劍浦行懷張群玉明府有序。

余與張群玉公從未識面，仲夏家姪爲程會試，歸語余曰：三山偶接張令公，寄聲阿叔，以未見爲恨。余不解其所從來，私揣此公文章山斗，豈海內知交有謬爲説項者？比仲秋入三山，晤詢，果如所料，傾蓋立談，歡如舊識。每風晨月夕，花事文心，時以一盃相過從，拍浮傾倒。徂秋閱冬，各忘其身之爲旅也。君在宦

海風波中，酒後耳熱，慷慨牢騷，爲引商刻羽之音，余亦擊唾壺而和之。纈眼相看，搔癢相慰，夜深籟沉，把酒狂呼，看星辰河漢，閃閃欲墜几席間，峨眉紫帽，相去萬里，天涯締交，似有夙緣。杪冬歲行盡矣，余適有臨河之行，河梁分手後，雖笑語漸隔，而魂夢殊親。忽忽數日，不覺棹入劍浦。晨起四望，厲風鳴條，嚴霜凋葉，嶺梅破凍，雁陣驚寒，河山遼渺，白雲間之，遥憶故人，黯然飛越，別易會難，古今同恨。爰賦長韻，以寫旅懷。

丈夫非麋鹿，安得長相聚。所仗意氣閒，千里亦旦莫。翻覆作雨雲，達者嗤其故。我來三山秋，快與異人遇。詞源倒峽溪，胸中羅武庫。家本峩眉巔，前哲粲可數。長卿與子雲，無乃來前度。少年金馬客，豈敢謬傾慕。尊酒遂平生，肝腸無回互。疑義費射彈，深心托毫素。當其傲岸時，不關俗眼妬。坐我玉壺冰，嘗我金莖露。泠然欲御風，朗爾似披霧。客身轉輕蓬，飄泊東西附。共是離鄉人，去住復分路。但去不能留，所願早回晤。匆匆從茲別，惜惜若有誤。冷雪薄寒汀，索寞少歡趣。孤雲無因依，獨鳥自哀訴。魂夢黯然睇舊遊，烟波忽已入劍州。雌雄兩地各分飛，遥望三山衝斗牛。情緒亂西風，傾瀉付東流。流到無諸城下去，殷勤爲我繞一週。縱有鴻鯉能相問，不堪此際恨悠悠。往時任華寄李白，兩地天涯非疇昔。只爲文章標格高，清人心神驚人魄。況托茂先肺腑交，素心日與相晨夕。如何盈盈阻水濱，使我睽違身迫窄。如何回舟兩日程，不使晤言心凄擗。百年聚會應有時，四海萍蹤豈前期。青松白水寸心在，雲泥參商一任之。

酌游淡如樓上，同丘羅浮次壁間韻

逍遥何地不滄洲，況復知交慰別留。傲世君猶凌俠骨，褊心我已對虛舟。盃傳鼎足籌爭健，燭剪深更話轉幽。如否公榮皆飲輩，遊人漫賦仲宣樓。

張群玉遠函相寄，知亂兇正法，真知己一大快事

三山雲樹渺愁予，忽接好音眉角舒。聖主自明萬里見，孤臣無事漢廷書。

頓教狐鼠胥寒膽,倘遇豺狼且駐車。共喜皇恩天浩蕩,如何報答慰樵漁。

俠士行爲游淡如太學題小影

俠士多骯髒,豪氣凌岡嶇。俠士多厚雅,薄俗還古初。匣有青萍架有書,甕有斗酒盤有魚。綦巾博帶,于于徐徐,散步抱膝,懷曠而眉舒。座無塵俗客,門來長者車。先世官清白,俸橐寡盈儲。處世皆轗軻,人情費拮据。一片直肝腸,何以伏巧狙。男兒心骨壯,總爲知己攄。搔首問天後,拔劍砍地餘。追曩昔,撫來茲,慷慨側力擊唾壺而發欷歔。抵掌天下事,霏霏屑玉璩。鳳凰志千仞,豈爲燕雀如。不願擁兒女伍比閭,不願獻長楊賦子虛,不願徼恩澤耀簪裾。直欲投班生之筆研,置介子於穹廬。闕下請纓,肘後懸印,繫樓蘭而封狼居胥。未知肝膽向誰是,抑豈賢者之不可測歟。

七夕丘羅浮諫甫邀酌,分得多字

節序關心客路多,仰看鵶鵲駕銀河。別經一度黃姑會,涼入千門白帝過。南阮曝竿高布犢,東家載酒引清歌。何緣乞得天孫巧,可有流星墜作梭。

七 夕 偶 成

惆悵年來汗漫游,出門動隔兩經秋。半生更有秋多少,猶自飄零羨女牛。

其 二

司馬於今已倦游,蕭條蒲柳不勝秋。落梧一葉西風老,何事奔波作馬牛。

劔州鄭甘澍司李見招 時火災後數日。

世路頻驚九折魂,賢勞那得逸晨昏。聞聲帝識尚書履,夾轂人占太尉轓。忽漫開樽煩北海,多憐病渴滯文園。眼看爐火圖堪繪,馬遞(蹏)知君達禁門。

丘凡菴孝廉自順昌前後,三以杞菊名醖見餉

晤別匆匆意未酬,三煩從事出青州。涪翁坡老元題賦,愁箒詩鉤任拍浮。

所願終身爲祭酒，便營此地作糟丘。興來能發山陰棹，牽挽還堪十日留。

丘几菴出其長公元啓君詩刻相示，并命作贈歌見寄，次韻酬之

李白任華各異鄉，詩歌遥寫寄肝腸。豈有邂逅相疇昔，葵藿無心傾太陽。郢中歌客多下里，此道今誰執牛耳。吾鄉年少丘長公，恨未識荆叩底裡。邇晤尊甫劍潭秋，得從集稿探深幽。鳳吟虎嘯蛟龍吼，肯作候蟲聲啾啾。恍如溽暑得紈扇，神魄爽清面目變。瑣細班張嗤卿雲，舌如懸河目如電。過庭更煩賦贈詩，自信義之復有之。漫將華袞加衰朽，文章得失寸心知。英年早矜八叉手，綿綉珠璣羅在口。他日東觀壓詞林，寧只老夫獨翹首。

鄭紹虞明經爲賤生贈言，次韻賦謝

壁間浪説寫寰瀛，撩亂鄉心對兕觥。夕過黃姑仍隔漢，朝來白髮幾添莖。馬牛半世成何事，弧矢衰年忝所生。謝得康成來彩筆，風流我已愧西京。

秋夜有懷，寄二水伯兄

候虫泣露怨凄清，策策商風落葉聲。不寐沉吟睫背計，伯氏近家書來，有"遊計在睫，歸計在背"之語。無聊徙倚斗參橫。半生多累緣兒女，再世豈能復弟兄。裂素遥將千里恨，西堂孤月對誰明。

劍州客中留酌張肅將明府

梧落鴻高對遠天，飄蓬憶別已經年。會看劍氣騰津渚，更發詩囊羨錦篇。世路崎嶇千里外，交情潦倒一樽前。塵煩喜聽無生話，爲説黃庭下上玄。張深玄理，是夜劇譚。

中秋丘羅浮招游淡如及嚴陵毛止山學博酌月

玉輪冰鏡掛峰頭，萬里琉璃净素秋。佳景渾忘身是客，開懷還借酒爲鈞。

東南賓主多清聖,謝庾風騷快唱酬。醉逐釵鬟連袂去,曙鍾遮莫動西樓。延俗是夜踏月,婦女如雲。

同游淡如登東岳宮

白露兼葭客思難,招尋古刹過江干。傷心井邑新灰劫,訪舊僧寮半謝殘。野曠雲生山片片,潭清潦盡水漫漫。不堪蕭瑟秋容淡,散悶還須採杜蘭。

同游淡如登百角樓

極目同登最上頭,鴈高風急晚烟浮。千層西北星辰摘,二派東南日夜流。畫棟遍題滕閣序,寰瀛誰寫季卿舟。仲宣亦是旅懷者,空媿當年作賦樓。

百角樓望火塲煨燼,兼傷西北近事

日暮淒清獨倚欄,徘徊四望惹辛酸。千家劫火黎爲燼,百堵哀鴻宅未安。淮北羽馳連楚豫,關西燧舉急呼韓。孤臣無計空熬恤,極目風塵不忍看。

不　寐

到家虛計日,孤客倍驚秋。酒力中宵盡,離腸永夜抽。樹聲時颯颯,蛩韻故啾啾。衰暮何堪此,少年已白頭。

九日游淡如招同趙心可別駕遊溪南諸峰,登玉皇閣,酌關聖樓,共用先字,得二十八韻

遲滯周南客,搖落對遠天。況逢佳節序,安得禁留連。陶令白衣日,參軍落帽年。臺同登戲馬,閣不羨凌烟。隔渚市聲遠,過橋野趣偏。葉稀風草草,潦盡水涓涓。宛轉通幽壑,逶迤陟絕巔。淡雲爭岫出,倦鳥穩枝眠。薈萃更攜屐,谽谺齊拍肩。蕭蕭鳴去雁,砧砧(跕跕)墜飛鳶。却憶謝劉句,還吟何庾篇。遇樵皆問徑,逢寺即參禪。仙卉歸閬苑,鶴林失杜鵑。西陵多古隧,南陌又新阡。骨朽彭鏗壽,墳封倚頓錢。山城近劫火,廬井半灰燃。窮此登臨興,因之感慨牽。

青絲俄皓髮,滄海幾桑田。漫説長生訣,浪傳不死仙。那知身石火,空自計曾玄。行樂隨緣足,生涯付酒邊。三盃浩浩爾,五斗陶陶然。便作眼青白,勿分飲聖賢。劉郎任閣筆,山老倒垂鞭。病渴漢司馬,思家王輞川。顛從張長史,狂叫李青蓮。誓老糟丘矣,何高百事焉。

九日登玉皇閣,適鄭甘澍司李以青州見餉,次趙心可别駕韻

帽落龍山景可憐,杖藜躡屐趁誰先。籬邊酒餉陶彭澤,客路鄉思王輞川。拈韻昔人曾閣筆,對花今不恨無錢。拍浮未盡登臺興,聯袂歸來薄暮天。

張群玉明府旦晚歸蜀,余亦且南還,旅中賦别

萼華獻賦説唐年,製錦生憎貝錦還。問字亭邊月皎皎,浣花溪畔草芊芊。旅中共嘆茂陵病,别後應思蜀國絃。此去君平逢賣卜,懸知未許抱雲眠。

老僕到,爲言廣陵妾寄聲,因代寄十絶。以旅懷揣閨思,情固不甚相遠耳

去冬一别度春芳,餞夏迎秋旅雁翔。黄犬不來音信斷,蘋花萸酒又重陽。

其　二
人生最苦是睽離,荏苒況經隔歲期。伯玉固非薄行者,殷勤學寄盤中詩。

其　三
昨夜西風枕簟秋,薄寒怯冷五更頭。閨中獨宿猶如此,何處風霜不惹愁。

其　四
長卿四壁茂陵遊,只爲空貧久滯留。相對在家貧亦好,夫君若箇盡封侯。

其　五
極目關山望沓茫,懷人遥隔水雲鄉。未知近日身强健,不記别時話短長。

其　六
人傳郎在劍州城,問道去家十日程。何惜馬蹄歸不數,古詩怕讀重行行。

其　七

詩酒知君有別腸,逢迎到處便飛觴。不堪盃酌莫傾倒,漫把客鄉作醉鄉。

其　八

生來莫作女兒身,薄命應多嘗苦辛。忍思封情空自訴,笑啼安敢向他人。

其　九

妾家萬里隔維揚,十四歸君鬢未長。三五年來長似髮,情懷多在別離鄉。

其　十

見説君家伯氏書,寄君勿作久離居。天涯同氣能相念,豈獨閨人悵別歟。

武林柴文伯光禄同赴鄭甘澍司李之招

應節黃花冒雨開,誰將樽酒暫徘徊。江州恰飼柴桑去,張翰空思鱸膾來。各是悲秋同作客,何妨樂聖且啣杯。況逢陳榻從傾倒,爲報譙樓鼓漫催。

枕上聽雨,立冬前二日

殘漏永脩脩,銀河倒峽流。因風廻雷滴,激響亂更籌。警破鄉關夢,寒催信宿秋。腸中車轂轉,片刻幾千週。

建州客次,邀三山林狷菴明府,清漳徐晉斌孝廉,同邑郭太希文學、楚衲彦白過集,適蕋仙、素卿二花卿亦至,分得絃字

異客異鄉會,開襟遂廓然。敲棋纔月下,剪燭且樽前。同領色空意,齊參究竟禪。素琴應自解,何必用徽絃。

鵝湖張玄樞、王堯臣、張僑陽、張樞垣、邵又伯、李獻之、嚴還真、徐子實、張仲純諸舊社丈先後招飲,賦謝

漫説新知樂,其如夙契多。談心深合劍,快語瀉懸河。世事千廻轂,流光一擲梭。升沉勿復論,載酒且相過。

鵝湖晤應宋符直指入閩關

憶別長安隔幾秋,雲山渺渺思悠悠。埋輪早抗都亭疏,攬轡行清滄海陬。剛見乘車詢戴笠,許尋圭蓽到林丘。笋峰此去閩關近,一路壺漿慰見休。

歲晚柬蔡培自大令

世路于今識轗軻,旅中歲月易蹉跎。嶺頭梅色催寒盡,城角鐘聲帶雨過。犬子臨邛遊卻倦,猪肝安邑累還多。滯留漫作周南客,已遣鄉心到薜蘿。

除前一日戌夜立春

愁催鬢髮半如絲,過客光陰一局棋。殘臘曆頭子夜盡,東皇斗柄午更移。但緣迎節薄供酒,未許來除學祭詩。濺沫飛流洗不去,待將爆竹付耶維。

出西關,憶故友李倩玉庶常

重過西州往事傷,招魂楚客淚沾裳。鶴高忍聽華亭唳,龍化空思劍浦鋩。傲我江湖惟白眼,看誰朱紫不黃粱。廣陵遺恨絕中散,訴向淒風幾斷腸。

王堯臣社丈以屢刖改今名,額其軒曰明致,求家伯氏為書,此戊辰間事也,去今幾十年矣,面目猶然,感慨共之,率爾贈題,用相慰勗

家傳江左舊青箱,仗劍曾經百戰場。說到登壇神尚王,酣來砍地骨還强。自從古訓師寧澹,肯與時流角短長。齊廷鳴躍端有候,腰間誰佩會稽章。

徐又玄牧伯,忠厚博雅君子也,晚年始得子實兄弟。子實少從余遊,別纔七年耳,門戶凌遲,大非昔日李獻之相告曰,子實是吾黨中最意氣朋友。廿載知交,可無一言相勗?聊賦一律

豪氣當年誰與儔,白雲繚繞幾經秋。怪來孺子茲多口,遺恨徐公百不憂。

汗漫唫

縱有肺肝傾海內,可無顏色壯牀頭。英雄誤處須回首,前箸於君借一籌。

　　　夜夢入試塲作論語題,枯腸抽索,覺而記之

浪説當年氣似霓,只消三百甕黄虀。夢魂何事招書鬼,苦索從前子曰題。

　　　賀武夷暨翁林母五十雙壽

鹿門偕隱姓名深,家近仙鄉恍可尋。自識曾孫重轉世,會逢玉女締同心。椿萱谷口年年茂,蘭桂堦前樹樹森。大衍相生無盡數,長將瓊醴酌花陰。

　　　將遊武夷,錢惺來大令先馳檄山中羽士,爲信宿之留

烟霞夢想幾經年,爲理芒鞋償夙緣。地主不因資勝具,山靈未許叩真詮。梅亭仙令前身趙,幔曲真官舊姓錢。准擬明朝風日好,褥茵深處訪曾玄。

　　　棹到九曲溪頭,羽士出迎

大王山下水蒼蒼,棹入千峰半夕陽。不識桃源家近遠,道人遥指白雲鄉。

　　　登會仙閣

玄真蜕骨自何年,牙齒於今尚宛然。昨向望仙祠下過,衣衫還帶石爐烟。

　　　望玉女峰

玉女溪邊洗鏡臺,翠屏仙掌芙蓉開。自從太姥脩真去,不作巫山雲雨來。

　　　望架壑船

懸崖百尺絶攀躋,朽板横縱望不迷。悟得滄桑千古意,三盃石畔聽金鷄。

　　　登接笋峰

行到途窮處,岧嶤欲接天。緣升學教猱,下指數飛鳶。鐵纜峰腰度,危梯雲

頂懸。不知茲宅窟,開闢是何年。

其 二

久聞茲境峻,對面果森然。莫怕脚肋軟,只憑道念堅。三垂二分足,一往萬尋巔。無數探奇者,於斯却步焉。

其 三

此境非凡境,諸天別有天。恍疑登絕壁,頓欲挾飛僊。壺島三山勝,安期一日緣。却癡秦漢主,駕海枉徒然。

登天游,觀呂仙閣

層臺遥揖筍峰頭,無數嵐烟一望收。半點紅塵飛不到,此身直與白雲遊。

其 二

遊人家在海東頭,凡骨何緣登此樓。莫是邯鄲道上客,黃粱一枕欲通不。

午到城高菴,風雨驟至,空谷上人款飯

輕舟遡盡曲溪頭,屐遍諸峰興未休。到此忽驚風雨驟,胡麻飰熟也應留。

其 二

筍峰削壁倚雲開,瀑布翻飛倒地廻。信宿僊宮多指點,還將净理叩如來。

其 三

雨濕苔封古徑迷,重陰寺午只聞鷄。遠公禪户雲烟鎖,送客未應過虎溪。

入 小 桃 源 洞

峰廻壑轉窮無盡,樹密林深到始知。一自漁郎得路後,人家非復避秦時。

登考亭書院晚宿

先生精舍倚雲岭,古木蕭疎曲徑陰。綠水青山留道韻,寒棲晚對識禪心。派從洙泗分來後,名入溪峰勝到今。祠下拜瞻殷景仰,皈依何事過叢林。

再宿冲玄觀，道士邀酌

東風吹雨暗千山，烟艇蕭蕭草樹寒。彼岸不妨重信宿，浮生那得幾時閑。

其　二

到來共喫青精飯，更有瓊漿爲客留。半醉魂清蝴蝶夢，覺將身世付蜉蝣。

冲玄觀壁上見舅氏李還素冏卿墨竹數竿，題句一絶。二妙長存，九原不作，渭陽之情，慨然次和

小寀猶日報平安，長往主人一見難。留得靈光千古在，年年烟雨護琅玕。

別　武　夷　居

漁郎短棹過，所見非疇昔。一入武陵溪，仙凡從此隔。山骨移雲根，到處巨靈擘。洞壑各幽奇，奔悦隨所適。飫似喫青精，觸欲浮瓊液。徜徉境界寬，俯仰乾坤窄。藜杖遍巖阿，徘徊數晨夕。不遇避秦人，亦異長安陌。魂夢與俱清，覺來頗有益。人生百年間，忽忽駒過隙。勞落逐馬牛，有如遠行客。夷君對我言，懸解應自釋。勿羨風塵中，腰黃眼前赤。勿羨凌烟上，旂常書竹帛。南華齊物篇，彭殤共一宅。何事生較量，短回與壽跖。世事等空華，轉盼亦陳迹。浪説煉丹砂，何曾生羽翮。但領箇中意，便已登仙籍。回頭謝夷君，吾祖師黄石。自授圯上書，蓬萊今咫尺。

別冲玄觀道士

三宿仙峰謁瑶臺，靈關未許玉匙開。玄都羽客能相念，此去劉郎還復來。

武　夷　紀　遊

舊傳宅窟隱巍峩，到此方知勝概多。屏折峰峰皆接漢，槎乘曲曲欲通河。人家半落烟蘿外，古寺全經石壁過。茶竈丹爐憑指點，塵根凡骨可如何。

汗漫唫八集 臨汀草

叙　言

　　往余丙午分較閩闈時，絶擊節一卷，爲司命者所奪，竟落乙榜。出闈訪之，迺晉江張君無美。年纔弱冠，丰骨崚嶒，私心爲千里之駒，追風逐電，直轉瞬間耳。余東西宦跡强半閩中，無美每試冠軍，頻以文字相揚權。至其屢刖不售，則又時相對搤捥也。戊辰春，余以計典入都門，無美已受其師相伯氏移國恩，官中秘。君雖班鳳毛、緩青瑣乎，而察其意，中殊覺怏怏，即余私心懊惜，亦無異往見其爲諸生三刖時也。君既謝辭紳笏，放浪山水間，盡以其胸中未竟之緒、不平之氣，寫之于詩。每先後一集成，便以相寄。余於四韻，從不操一筆，但讀其詩，自覺鏗鏘琳琅、清風穆如，再三而不忍釋手耳。昔從制義，而知無美之數奇于文也；今從風雅，而知無美之遇奇于詩也。無美固世上一奇人哉！

　　余老矣！泉石烟霞，頻入夢寐，即欲謝事乞歸於西湖、南屏之間，數椽隻艇爲逸老計。古人撫不絃之琴，余且吟無韻之詩以敵之。無美遊屐到時，勿忘相問，蘇堤林塢，足隨登眺，梧月楊風，足供批抹。三十年知交情誼，固不應寥寥也。

　　丙子孟春，通家友生胡爾愷書于建州公署。

上九龍灘

虎牙熊耳百尋懸，劃壁中分尺五天。耶許齊呼人語亂，孤舟倒掛白雲邊。

其二

遥來一葉似飛鳶，瞥眼經過箭離弦。漫道長年渾見慣，看他毛骨亦森然。

其三

誰云黯淡若登天，一見九灘已坦然。夜半叮嚀莫對語，恐驚千尺老龍眠。

其四

但到灘頭急捨船，偶因盃酌遂安便。放開醉眼任簸湧，此刻方知酒有權。

除夕入臨汀，夜宿定光寺

風雨送除年，迷濛欲暮天。未投地主刺，且借山僧眠。爆竹驚鄉夢，殘鐘到枕邊。平生多骯髒，此際亦淒然。

元日蕭寺

僧房纔隔宿，客路已經年。魚酒未通市，茶蔬且結緣。渴憐司馬病，流笑汝陽涎。跌坐蒲團上，學參無眼禪。

贈笪我真郡伯考滿

題柱郎官舊識田，風稜早已震班聯。潤脂不點臣心水，龐皓爭賫郡守錢。誰遣劍刀俱解却，共看枝穗遍欣然。柏臺望駐使君節，勝似潁川借一年。

謝笪我真郡伯見餉

漫道龍門愜壯遊，但逢知己吐風流。東方騎出朱轓重，北海樽開綠蟻浮。

廉吏頻分丹甑米,故人休典鸂鶒裘。謝公樓脚青蚨價,還是當年二百不?

偶過强賓廷隱君齋頭,地僅容膝,花事石根,幽趣遠韻,致足樂也

牆東小隱嘯霞烟,忽漫相過亦偶然。架上琴書閑位置,壺中筠草足芊綿。市聲敢溷高人韻,浪跡隨參出世禪。也有阮嵇同此況,三竿許借石牀眠。

客中苦雨

空堦簷霤滴,鎮日復連宵。雲氣疎仍結,鵲聲凍不驕。烟封疑没樹,溪漲欲崩橋。旅舍爐灰冷,何當破寂寥。

攜榼過賓廷齋頭

遂約青州侣,來尋隱士家。石根過雨潤,花息暗風斜。浮白狂敲句,樵青細揀芽。此中饒幽致,吾意在烟霞。

訪京口談長益詞丈客齋,兼致乞言

雲關久雨滑蒼苔,爲訪風流特地來。鄴架牙籤多竄點,柯亭枯篠幾穿裁。得承玉麈揮談去,尚覺寶山空手回。同調萍逢我輩在,可無一曲發春酷。譚取扁竹、方竹,自製文房諸玩。

上元新晴

客心驚歲月,況復雨霏霏。雲岫侵晨净,屋梁倒景飛。鵲聲來樹杪,人跡到柴扉。天意憐佳節,燈花故不違。

疑晴

經旬纔日脚,快句紀新晴。只恐陰猶勁,翻疑霽不成。天工多缺憾,人事費經營。却怪題亭者,還標喜雨名。

胡厚菴右轄老師開歲躬閱山城諸隘口,經旬霖雨,無停晷。元夕回旌,招飲衙齋,雲開月朗,夜分始散,賦此爲謝

節符幾度入閩天,何處薰風不藹然。雨爲孽氛多洗净,月臨冰鏡故團圓。謝樓燈火人皆醉,陳榻觥籌客未眠。自識陽春欣有脚,化工真可贊重玄。

山門有醉僧來,林大年參軍訐其酩酊,戲爲嘲之

行脚千鍾少,宰官一滴無。世間顛倒事,多此不平夫。

戲爲醉僧答

世事奔波有,禪關透澈無。不平何日了,不醉何爲夫。

酌强賓廷齋頭口占,贈淡雅花卿是夜竟席不唱。

紅臉酕醄百態增,人如冰雪酒如澠。韋娘肯度春風曲,知費蒨桃幾束綾。

其二

少小落身紅粉行,慣隨歌舞壓千塲。席終不忍穿雲唱,恐惱蘇州刺史腸。

戲爲淡雅問賓廷

一片芳心好似癡,閑情空意戀花枝。强將柳肘試攀折,不比鴛鴦左翼時。賓廷左臂病風。

戲爲賓廷答淡雅

閲盡韶光兩鬢稀,嬌春到眼羨芳菲。縱無狂蝶穿花手,還作輕(蜻)蜓點水飛。

戲爲兩家和解

點水蜻蜓終幻爾,鴛鴦戢翼亦徒然。趙州撞破色空意,湖上齊參究竟禪。

新晴登北城樓，懷笪我真郡守時以公事入虔。

條風散雨宿嵐收，屐折龍岡最上頭。九派井烟從麓繞，一溪練帶對丁流。雲迷虔嶺征車度，望入章江客思愁。柳柳(州)城樓還寄賦，當前倍憶舊汀州。

許儀卿以名孝廉屈就學博，出近刻見示

金錫精光羅在胸，猶將爐冶試陶鎔。璞於別後價偏倍，劍未躍時氣已衝。霧鬱珠峰深隱豹，雲蒸泮水利飛龍。君家牛耳舊衣鉢，孝廉為辛丑許會元兄弟，故為丁丑之祝。後浪還應高幾重。

馬沭生，汀名士也，數奇未遇，過其山齋，歌以志勖

傲骨受憐豈丈夫，天公顛倒聽榮枯。著書戶閉玄亭草，得句囊攜長吉奴。燕市終應售逸足，阮生何事嘆窮途。他年鳴躍端非偶，但看張君舌在無。

上巳笪我真郡伯招遊玉屏山寺

春山春樹各爭妍，況復晴光雨後鮮。吏簡時從揮白麈，舌香端可長青蓮。度人剛鬭野狐道，引我共參玉板禪。千載蘭亭傳禊事，何如此日足翩翩。時正緝妖教。

蕭 寺 即 事

山門頹圮亦清虛，客傍幽棲好結廬。曙色晴分青靄外，薰風吹醒黑甜餘。不堪病渴從耽酒，未許窮愁學著書。永日禪扉無剝喙(啄)，焚香獨自叩如如。

客中懷張群玉大令旅滯三山，覓鴻却寄

桑乾却憶并州時，譚麈文鋒共酒巵。雲樹遙分千里夢，風塵空負寸心期。料從別後身多健，思發花前句更奇。各是周南留滯客，憑將鴻鯉見鬢眉。

雪鏡上人索詩，信筆得四偈

天龍直竪一指，如意衣中有珠。放下萬般便了，西來隻字都無。

其　二

運水搬柴工課，破瓢斷拂家私。松梢雲去不礙，茶嶺月來當鋤。

其　三

磨磚那得成鏡，作飯豈容炊沙。移石橋邊八宰，待雲路口三叉。

其　四

紛紛以馬喻馬，夢夢騎牛覓牛。四大總隨風火，百年任付蜉蝣。

夜　坐　偶　成

獨坐焚香掃地時，空堦鳥雀伴吾伊。悄然落葉晚風動，一卷黃庭手自披。

其　二

一卷黃庭手自披，松陰月影上堦遲。無端忽起歸鄉思，搔首寧堪重縐眉。

其　三

搔首寧堪重縐眉，哽蟲清切子規悲。鄰雞催向五更枕，睡起三竿日上時。

入清流，客裴聖之孝廉天鏡堂，水光瀲灧，竹樹參差，追林下之遺縱，發濠上之逸興，爰賦四韻，以消旅懷

渭川孚尹簇江潰，浣演蕭疎却俗氛。袁令郡南曾嘯咏，蔣生開逕也平分。千秋逝者如斯意，一日何能無此君。未許主人長枕漱，就中應有賦凌雲。

留酌王龍居舟中，適裴聖之次韻見投，王即席賦和，余更爲續貂

快得新詩到水潰，似將冰雪洗塵氛。風騷果爾凌千丈，增減誰能加一分。竹里鹿柴時和汝，文心酒政總輸君。興來欲發山陰棹，靉靆諸峰已暮雲。

病中王龍居攜詩過訪，留酌次和

枝頭好鳥喚催歸，林下知交訴別違。恰喜披襟消夏永，便呼貰酒典春衣。茂陵司馬病多瘦，湖海元龍戰尚肥。江閣相憐寥落甚，可無咏嘯伴漁磯。

莆中林千里、曾豸甫二山人攜槛過訪，
以水墨篆章及扇頭詩歌見貽

客鄉傾蓋漫相逢，莫樂新知意更濃。筆下滄洲生顧虎，腕中沙篆擅雕龍。壺公風雅名原重，高隱詞章世所宗。不得蹵然來二仲，誰將尊酒慰孤蹤。

伍君曉孝廉席上小元花卿年纔十一，而姿度閑雅，
口齒清歷，向余誦人贈詩，依稀不能記憶，但口中
刺刺云甚箇女兒甚箇嬌，用作起語，贈之四絕

甚箇女兒甚箇嬌，誰將佳句覷瓊瑤。依稀背得又忘却，笑看傍人爲續貂。

其　二
巫山髻掃未垂髫，幾朵瓊花插翠翹。弱蕾芳心偷不得，蝶蜂慢且苦相撩。

其　三
石榴花下妬紅綃，一曲清歌散遠條。可是當年蘇小小，何人不識董嬌嬈。

其　四
漢宮掌上楚宮腰，環佩珊然下紫霄。肯向青樓銷粉黛，何人金屋貯阿嬌。

清流鄧六水大令迎其太翁就養，稱觴
上壽，爰賦俚言，以佐洗腆

鳳種丹山玉種田，鄧林蓊鬱故森然。人從製錦尊弓冶，官自烹鮮佐几筵。百里躋堂衆父父，六朝杖國老僊僊。朱砂勾漏終多事，自有靈椿歲八千。

客天鏡堂，留酌裴聖之漪園昆玉，適伍君
　　曉攜星星花卿過訪，即席共用星字

壺觴媿乏主臣鯖，淺酌深斟漱晚汀。攜爾傾城方小小，顧余殘鬢已星星。鶴磯有客題鸚鵡，麟德何人賦鵷鴿。綠野堂中無俗韻，午橋容易借居停。

午日鄧六水大令攜觴裴園，賦謝此中十三日關聖神會，
　　傾城出觀，女（有）女如雲，併訂後日之招

爲愛午橋雲樹幽，却逢佳節暫淹留。五絲誰結長生縷，九子空懷吊古舟。地主相將河朔飲，客鄉可似茂陵遊。更傳他日誇神會，竹醉還應共唱酬。

端午後二日，裴聖之漪園昆玉招王龍
　　居攜榼過訪，即席分得春字

經年作客惱風塵，佳節樓留憐此身。續命果然添兩日，開懷何處不三春。難逢伯仲塤箎好，更喜裴王唱和新。綠野居停頻載酒，殷勤總念異鄉人。

王龍居山人以前後二小影，其一倚馬，
　　其一獨立，合册索題

電電者其目耶，便便者其腹耶。一似愛其神駿，一似離人而立於獨也。太行終日服鹽車，朱門幾人下白屋。漫學王郎斫地歌，每笑阮生窮途哭。滄海行塵，黃粱未熟。溪畔釣磯，雲中牧犢。抹月批風，吟花醉竹。友羊裘之二仲，追韓梅於兩福。使高其名者尊爲湖海之龍，而望其居者知爲子真之谷。

棹回永安，遊桃源洞

問津恍似武溪深，複澗寒生六月陰。天到頂峰開一綫，洞懸絕壁俯千岑。雲中雞犬烟霞韻，世外岩泉枕漱心。太守幾人能往反，惟餘漁棹得相尋。

定光禪院小紀

定光禪院紀序

　　自隋唐、五代後，浮屠氏教幾與吾儒爭勝。汀之有定光禪院也，從來久矣。乃其孰爲孰傳者，此誌多缺略。吾友晉江張無美氏偶寓此中，知定光爲泉人，于是參互考訂，而里居歲月始班班可覩已。乃此中人相傳，謂嘉靖間沙寇犯汀，守城卒見二僧巡城，警以勿睡去，即爲巨人，迹巨草屨，賊見之，遂以遁去者，可笑也。

　　夫吾儒所以張主世道者，不習于神，而聽于人。如閩先賢，有楊龜山首開道脉，屹然儒宗，一傳而羅豫章，再傳而李延平，以及朱考亭，所與先後闡繹，皆以綱常名教爲主。而浮屠氏因果輪廻，與所云天堂地獄之説，或亦有合於吾儒降祥降殃之理，而補經禮政刑之所不及者。故唐宋以來，豈無英解，然卒不聞一于驅逐。至我太祖高皇帝，神聖卓越千古，且特收之流品以統之者，夫豈不知浮屠氏去吾儒殊自有□，但原其戒律薰修，原非有外於懲惡勸善，故不特與吾儒並存于天地間耳。乃不意近有左道惑世，妄稱密密教者，流入于汀，妖媱誕褻，踪跡詭秘，一時頑民贗士相去靡然從之。向令撲滅不早，幾醸爲蓮妖聞香之禍。吁，可畏也！

　　至郡中有定光佛與香火，顧爾寥寥，無美氏怨其顛倒，因感而作爲此紀。從郡乘中拈出定光、伏虎兩人始末，且諄諄于杞言，纏纏于詩歌。其于勸懲大指，三致意焉。無非無汀之人，知佛自佛，魔自魔；醒世爲佛，惑世爲魔；揭于明，明爲佛，窟于密，密爲魔。真佛直證本來，了無他奇，故苦行精修者少邪魔，詭托幻術，若可信賔故盲引群趨者雖然尚容足其中，即已爲盛世戮民，不獨五法所必誅，亦佛衆所必斥矣。今觀《禪院紀》一書，言言景正黜邪，則總是以立雪宗風、道南微旨，而旁借釋氏以翊民于善耳。斯豈不有功于吾道，而併以有功于定光者哉！不佞遂不揣喜而爲之序。

　　時崇禎八年乙亥月上巳日，華頂笪繼良題。

序

　　昔蘇東坡之黃,之湖、杭,之徐,登惠、瓊,無禪不喜。或偈或贊,或疏或跋,與山谷、佛印諸人舌鋒往來,惟此禪意而已矣。此張蓮水之所以紀定光也。詳其生化,訂其年譜,辨其與伏虎位置,勉俗僧以清規,又咏歌之慈航,明燈何減東坡,令其長在鳳凰池上,臧否人物,世世如見,若之何？僅以禪喜類東坡也夫。
　　白漚吳廷雲。

目　錄

定光禪院紀序 …………………………………… 笪繼良　119
序 ……………………………………………………… 吳廷雲　120

禪院小紀一 ……………………………………………………… 123
　募緣疏 ………………………………………………………… 123
禪院小紀二 ……………………………………………………… 124
　郡乘考 ………………………………………………………… 124
　郡誌 …………………………………………………………… 125
禪院小紀三 ……………………………………………………… 128
　古蹟考 ………………………………………………………… 128
禪院小紀四 ……………………………………………………… 130
　勸規 …………………………………………………………… 130
禪院小紀五 ……………………………………………………… 133
　卮言 …………………………………………………………… 133
禪院小紀六 ……………………………………………………… 135
　題詠 …………………………………………………………… 135
禪院小紀七 ……………………………………………………… 136
　禪院問答 ……………………………………………………… 136

校點後記 ………………………………………………………… 140

禪院小紀一

募　緣　疏

乙亥春，入臨汀訪胡厚菴、笪我真二公祖，留棲定光寺。從《郡誌·僊釋部》中閱《定光禪師傳》，方知師誕降于吾泉，而出家得道于汀，生前著異，沒後顯靈于汀，以故吾泉泯沒無聞，而汀之建寺、賜額，與伏虎禪師香火不絕，良有以也。

寺鄰州治，爲祝聖習儀之區，年久傾頹，堂廡淤泥。近者笪公祖捐俸倡脩，一二善信喜捨，山門、拜亭粗有次第，而工費尚大，未能遍舉。一日，笪公祖攜觴過訪，住持僧逡巡以募緣請。笪公祖拱余曰："禪師於君，枌社之誼，香火之情，遊轍偶至，機緣湊合。君何可不任也？"余遜謝不敢。退而思之，余雖浮沉苦海，何論廢興，而信宿蘧廬，亦關去住。從來佛宇不壞，多因人力而延。給孤獨之園林黃金尚在，王舍城之宮闕白玉猶存，必欲重壯浮屠，復脩寶殿，願由積累，豈一簣所能成？費且浩煩，必鳩工而始就。幸宰官首發禪念，重謀葺新，料善信同種福田，何難終事！昔坡仙詞伯曾垂解帶之名，韓文儒宗不悋留衣之惠。誰非長者，願睹多寶而大破貪癡；詎少良緣，莫靳布金而胥完盛美。凡茲輶軒紳仕、流寓旅商，隨地可作善因，何處不同佛國。竹笠無妨蓋頂，銅錢亦助鑄鐘。他日鵝殿增輝，龍宮煥色，戒香恒馥，慧炬長明，自此福苗萌生，罪花凋落。三千國土俱傳貝葉之文，億萬人天並入蓮花之會。將慈愛如阿耨水，而功德高須彌山矣。謹疏。

崇禎乙亥仲春，晉江蓮水居士張之兊和南題于禪院之涵虛精舍。

禪院小紀二

郡乘考

癸酉秋，客武林之西湖，過法相寺，見東廡下幡帳輝煌，香燈燦馥，遠近賽禱輻輳如雲。住持僧告余曰："此定光祖師也。相傳爲閩泉郡之南安人，宋時不知何代成佛，蛻化于此。神通顯應，甲于湖上。其儼然寶座中金像者，即其肉身也。"方知師於余爲同郡。乃吾郡叢林中從不見此法號，歸詢故老，云郡城西隅有一定光廟，僻陋蕞小，年代、來歷無有知者。

乙亥春，入臨汀，郡守筀我真先生留棲僧舍，其扁額爲"定光禪院"。乃前代勅建，賜號於今，爲拜聖祝釐之區。並於法座之右者，人稱爲伏虎禪師。詢之，僧衆不知定光爲何佛，且以伏虎爲十八羅漢中尊者。果爾，則定光成佛於宋，視伏虎爲數十代遠祖，何以並列寶座，而且居其左？尤不可解。私心謂，定光既開山作祖于此，郡乘中應有記載，而汀僻在山城，文獻散失。一日，學博同安許振仞君過訪，因語及前事，方從文學馬沭生君求得《郡誌》一集，爲嘉靖六年脩者，去今且百餘年，板久蛀蠹，字多不可辯，獨《仙釋部》所載二禪師一帙，宛然猶存。豈金剛不壞，鬼神密訶，使後人得有所考耶？細閱，定光生於泉之同安，非南安也。緣幼年出家，即雲游武平、豫章、南康間，晚年入汴京，回武林蛻化。法相寺於桑梓之邦，足跡殊不一至。學博君與師同邑，且茫無傳述，又何怪于泉！今誌中履歷具在，但記其卒而不記其生，且年號與贈詩、姓名俱不相蒙，其爲謬誤無疑。余故取歷代紀元細加參較，因其蛻化而逆遡其降生，凡畢生雲遊之地，到處顯異之蹟，一一按考，係以年代。而伏虎即惠寬禪師，其年代、履歷，亦併爲考訂，使觀者闡厥陳幽，現真面目。從前聾瞶，一旦開明。仰佛法之靈通，齋心頂禮；悟衆生之顛倒，合掌皈依。共登忉利之天，胥結菩提之果，非徒之奐枌社香火之誼而已也。

郡　　誌

　　定光大師,姓鄭名自嚴,泉州同安縣人。生而穎異,幼負奇識。年十一,懇求出家,得佛法。年十七,遊豫章,除蛟患,徙梅州黃楊峽溪流於數里外。乾德二年,來汀之武平南巖。發誓攝衣趺坐,大蟒、猛虎皆蟠伏。鄉人神之,爭爲搆庵。有虎傷其□□□書□□明斃於路,巖院輸布於□□,以手札内布中。郡守歐陽程追師問狀,師不語,守倅愈怒,命焚其衲帽,火燼而帽如故。疑爲左道,以狗血蒜□厭勝,再命焚之,而衲縷愈潔。乃謝之歸。泛舟往南康,江有槎樁害舡,手撫而去之。盤古山井無水,薄暮以杖三敲之,詰朝泉湧出。終三年,復還南巖。郡守趙遂良延師入郡,結菴州後,以便往來。菴前舊有枯池,因遂良請,投偈而水溢,即金乳泉。城南有龍潭,比爲民害,復因遂良請,投偈而禍殄,沙壅成洲,遂良以聞,賜南安均慶院額。真宗朝,因設齋進謁,上問:"從何方來?"答曰:"今早自汀州來。"問:"守爲誰?"曰:"屯田胡咸秩。"齋罷,上故令持食賜,至郡尚燠,咸秩驚竦。表謝,上乃信。時諸朝列,丞相王欽若、參政趙安仁、樞密學士劉師道,皆寄詩美贈。淳化八年,師壽八十有二,正月初六日申時,集衆而逝。遺骸塑真像,蘇、黄二公皆遺以詩。師滅後,歷神宗、哲宗、高宗朝,累封加至"定光圓應普通慈濟"八字。紹定庚寅,磜寇圍州城,師靈顯助國,賊衆奔潰。州人列狀奏請,州後菴額有旨,賜額曰"定光院"。續乞八字封號,内易一"聖"字,仍改賜通聖。詳見《行實編》。

　　惠寬大師,姓葉氏,寧化縣人。幼通悟,入郡開元寺出家,遍遊諸方,慧悟而還。州有虎豹爲害,師馴服之,衆號"伏虎禪師"。南唐保大三年,因平原山龜峰獅石之勝,衆爲創庵於此,名曰"普護菴"。側弔軍嶺,高岐無水,師于盤石上頓錫,出水至今不竭。七年,汀苦旱,郡人迎師禱雨。師曰:"七日不雨,願焚其軀。"及時,旱如故。師命積薪,坐其上,厝火于下。火未及然,雨下如注。建隆三年九月十三日,師滅。歷紹興,大師乾道、淳熙以救旱功,累封加至"威濟靈應普惠"六字。紹定群盜犯城，陰加保護。相傳城卒每夜見二僧巡城，戒以勿睡。疑即師與定光也。嘉熙間，州上其狀，復加號"妙顯"二字。

按，《汀誌》載：定光大師卒於淳化八年。今考：淳化爲宋太宗庚寅改元，至乙未年復改元至道，則淳化僅六年耳，安有八年也？且載：丞相王欽若、參政趙安仁，皆爲真宗祥符間人，則淳化當爲祥符之訛。師之卒，當在祥符之八年乙卯也。

按，誌載：定光卒於祥符八年，壽八十有二。今考：其年爲乙卯，逆數之，師之生，當在五代後唐廢帝之清泰元年甲午也。

按，誌載：定光於乾德二年，來汀之武平南巖。今考：乾德爲宋太祖癸亥改元，其二年當爲甲子，師年已三十一矣。

按，誌載：定光年十一出家，十七遊豫章。今考：其出家當在五代後晉齊王開運二年之乙巳。遊豫章當在五代後周之廣順元年辛亥也。

按，誌載：郡守歐陽程追師問狀。今考：歐守以咸平四年任，爲宋真宗初改元之戊戌，其四年爲辛丑，師時年已六十八矣。

按，誌載：郡守趙遂良延師入郡齋，結菴州後。今考：趙守以祥符四年任，其年爲辛亥，師時年已七十八。今寺正當州署之後，即趙守當日結菴處也。

按，誌載：定光謁真宗，郡守爲胡咸秩。今考：胡以祥符六年任，其年爲癸丑，師時年已八十矣。

按，誌載：定光以正月初六日申時集衆而逝，遺骸塑像。今考：師之肉身現在西湖之法相寺，坐化椅上，一依原形。衣冠裝餙，宛然如生。今寺中土塑高大，定非遺骸。計師謁真宗、回西湖，僅一年而化。此誌中所記，即據法相當日蛻滅之實景而書之。乃又相傳云肉身飛去法相寺，則出好事者之神其說也。

按，誌載：惠寬大師卒於建隆三年九月十三日，不記其壽若干，則其生年渺不可推。今考：建隆爲宋太祖年號，其三年爲壬戌。師之卒時，定光纔八歲耳。有先後輩之序，似不宜居其左也。

按，誌載：定光寺在州之後，乃祥符辛亥年，定光在時，趙郡守奏建，賜"南安均慶院"額者,去惠寬建隆壬戌滅化之時,已後伍十餘年矣。時未有惠寬法號,不知並列寶座起于何代,豈因紹定間俱顯護國之異,並受勅賜?當時只同附一寺,直以先屬定光開山之地,故讓其居左,而先後輩之序,遂不及正耶?

按,誌載:惠寬於南唐保大三年,獅石創庵。今考:獅石在寧化縣南,而南唐保大三年,即五代後晉之開運二年乙巳,汀屬南唐,故用其年號。所謂七年禱雨,諒亦是。南唐保大之七年,當爲五代後漢之乾祐三年己酉,去師滅化僅隔十四年耳。

按,誌載:定光在時,奏賜南安均慶院額。沒後,累賜"定光圓應普通慈濟"八字。至紹定間,復加賜"通聖"二字。惠寬沒後,累贈"威濟靈應普惠"六字。紹定間,復加賜"妙顯"二字。並無所謂"協應"者。今寺額書"勅賜定光協應禪院",不知從何所本?他日若有鼎脩,尚須改正。且二師並列,其賜號多字,難以全書。還但取"勅賜"首二字,書曰"勅賜定光威濟禪院"。若以先後之序論,還當置"威濟"於"定光"之前,方爲妥耳。若至正之加號,非我族類,神必不受也。

蓮水居士張之奐題。

禪院小紀三

古　蹟　考

　　余既作禪院郡乘考矣，住持僧正頤出二禪師前代勅封二函見示，云是舊時寶蹟，流傳至今。余閱之，文皆番字，當出自元代者。內夾譯文一紙，爲至正二十六年，考之胡元世祖與順帝俱以至正紀號，世祖三十一年而殂，順帝二十八年而元亡。我太祖高皇帝以至正十五年六月，起兵渡江，二十六年十二月即吳王位。其時河北、江南，皆非元有矣。且順帝至正二十四年間，誌稱，是時天下大亂，閩、廣地皆久爲陳有定所據矣，尚安有勅封？當世祖十八年九月間，從樞密副張易言，詔天下焚毀道書，惟存《道德經》。史稱，宋徽宗惑於道教，而貶桑門之説；元世祖惑於桑門，而焚道教之書。則知彼時佛教盛行，二禪師之加號勅封，當爲世祖之至正，無疑也。今將番字及譯文摹刻，知爲四百年間物。與博古家共鑒之。①

　　閱勅書所用之紙，堅厚綿潤，最爲耐久。余向在京師，於四夷館中所見高麗繭紙，絕相似，疑即此紙也。年月上加玉璽一方，縱橫各四寸，文爲"宣定之寶"四字。每勅各另用前紙爲函，於合口之處，大書四字，加玉璽緘印其上。四字文，不經譯，余細取勅書對勘，下二字與所譯"定光伏虎"筆畫相同，上二字則不可解，諒是"勅封"或"勅賜"等字樣。其玉璽俱漢篆九曲，幾四百年矣，印色鮮紅，經久不退，知爲御府間物。且考博古論，元時印色用蜜，不用油，尤爲至正左券。

　　余每見外國番文，俱左書橫讀。今二勅，寫從左邊起，而讀却從直。豈胡元僭統之日，參夏夷而並用之耶？

　　至正勅書番文摹刻于後。

　　蓮水居士張之奐題。

至正二十六年

光准此

師宜令定

通聖大禪

忠應普慈

光可加封

聖大師定

應普慈通圓

皇帝聖旨

上天眷命

九月

至正二十六年

准此

宜令依

普大禪師

忠顯威濟

虎可加封伏

聖大師

濟普妙惠威

皇帝聖旨

上天眷命

九月

【校記】

① 按：元世祖與順帝共有紀年爲"至元"而非"至正"，故上述考述無據。

禪院小紀四

勸　　規

嘗讀龍湖清規，云寺中鐘鼓，即軍中號令、天中雷霆也。雷霆一奮，則草木甲拆；號令一宣，則百萬齊聲。寺中鐘鼓，亦猶是也。未鳴之前，寂寥無聲，萬慮俱息。一鳴則蝶夢還周，耳目煥然。縱有雜念，一擊遂忘；縱有愁思，一槌便廢；縱有狂志悅色，一聞聲音，皆不知何處去矣。輕重疾徐，自有法度。輕令人喜，重令人懼，疾令人趨，徐令人息，直與號令、雷霆等耳。清晨、良宵之下，時時聞此，則時時薰心，朝朝暮暮聞此，則朝朝暮暮感慨。故有不待入門禮佛見僧，而潛悄頓改者，鐘鼓之聲爲之所係，誠非細也。

余除夕入汀，宿定光寺。夜靜不聞鐘聲，元旦五更，亦復寂然，心竊訝焉。早起，肅禮佛堂，則見大鐘高懸於堂之左。詢之，僧云，此鐘久已不撞。相傳謂，郡中九龍分爲九支，各有像形。一支入郡治者似鳳，恐鳴鐘驚鳳，故有此禁。余登北城樓，俯見九龍皆逶迤相似，而誌中亦無像形之說。且原爲宋趙郡守創建于州後者，果有相妨，不應自擇而取之矣。竊思，此寺夾於府治、衛堂之間，東西只隔一墻，於府爲左，於衛爲右。汀之置衛，自洪武四年始也。豈堪輿家以右爲虎，虎欲其靜？且虎屬西方之金，而鐘爲金，當時衛官惑信其說，故駕言驚鳳以動當道之聽耶？然余見天下郡國中，名刹左右，列置官署者多矣，未聞以故其廢鐘。即我三山會城，藩司堂署政對五虎山，形勢獰獰，至築高大鼓樓，畫獅子以制之。而樓上更鼓俱敲金點籌，城中諸叢林晨昏撞鐘，一如常儀，未常廢也。余又梯而觀鐘上鑄文，係嘉靖二十二年從新鑄造。既云從新，則有舊毀可知。若禁撞矣，焉用鑄之？此其說，定起自二十二年以後。考之，誌云：正德、嘉靖等年，掌印指揮張韜將左後二千户所併鎮撫司公廳本衛後堂、經歷司廨宇、各城樓舖舍、牢房等項，處置官銀，併拆毀自造菴廟，木植磚瓦從新蓋造。豈撞鐘之禁即起于此時？而僧衆懶於功課，幸得藉口，以逸晨昏，相沿既久，遂習而不察耶？邇來此禁已解，前二守黄根心公祖出示督僧敲擊。乃奉行未幾，惰玩如故。但有十方賽禱、燃燈燒紙之會時撞三五聲，或朔望之朝，僧徒任意多寡，或七八聲，或二十餘聲。若謂撞擊有妨，則一之爲甚。既可不時亂撞矣，而晨昏之規獨廢，又何説也？今試叩寺僧，以一百單八之義，輕重疾徐之節，俱茫然不知爲何解矣。號令不宣，則紀律何肅？雷霆不震，則怒生何芽？梵宇日見淒凉，衆生無從警醒，妖魔邪門陰起而争其位。如今密密、無爲二教鼓惑愚民，尊信若狂，三尺不能禁，良有以也。願功德宰官、精進衲子共商此一段公案，重飭常儀如龍湖清規，何如？何如？

日見脩理山門瓦桷者，只於中廳一片，而東西兩翼之上，殊不補葺。詢之，僧衆云：二房先年爲本地鄕官家借作書館，久假不歸，空聽封鎖，寺僧不敢問也。渠以非緊要不脩，而緣金稀微，又不能代爲脩，無奈聽之耳。余應之曰：昔之黄金布地，山門解帶者果何人耶？爾大衆若共守清規，奉佛惟謹，戒行精勤，功課嚴肅，使十方瞻仰者生恭敬念，作歡喜想，發菩提心，切皈依願，則捨身佛奴、捨宅佛殿者，應不乏人。矧區區方丈地，破屋壞垣，以本寺物業還之本寺，宦家大智慧，有何不能割捨也。爾大衆于此關頭，急自參取，急自猛省，何如？何如？

寺夾於府衛之中，廣不過十餘丈。其前慈雲蓬境牌坊，直臨大街，與府衛，並坊内曠地，原屬之寺，今胥拆爲民居，久不可復矣。兩旁迫侵，街衢窄狹。重以汀俗，家畜母彘，棧槽填塞，户外縱横，日負塗曳泥訛寢堂廡間。以拜聖祝釐之區，爲獸畜穢污之塲，寺僧不能禁也。惟有高其門闌，防其闌入，而畜主不便且群起而爲難矣。倘有慈悲宰官、知識善信，相與禁止而勸諭之，俾得關阻、啓閉，稍壯净國金湯，亦是大家無量功德也，何如？何如？

按，誌載：定光化於正月初六，惠寬化於九月十三。二師化身之日，即其成佛之日。寺中大衆還宜脩醮宣經，香花禮拜，以致虔誠。使十方瞻仰，不媿爲佛子孫。願戒行精進者共議，首倡之，何如？何如？

　　西湖法相寺，四方求嗣者響應沓至，賽捨金錢以百十計，香積食指以千餘計。此中香火却爾寥寥，豈山門興廢，固自有時耶？然余入法相，莊嚴净肅，真令瞻拜者生恭敬歡喜之心，發菩提皈依之願。此中戒行鮮精，工課久弛，朔望不宣經文，晨昏不聞鐘韻。佛性即是人性也，好潔净而惡雜穢，好奉承而惡慢褻。定光之不蜕于汀而蜕于杭，自是神眼。今日有靈，我知其多棲于杭而少棲于汀也，審矣。寺中焚脩之資，雖存留無幾，但計納稅輸官外，能勤謹儉約，則粗飯淡羹，八九衆猶足糊口，不待沿門托鉢，勞碌抄化。亦是前世善因，今生享用。若大家端的趨向勤脩戒律，勿效俗僧蠅蠅狗狗態，則人將欽汝，神將佑汝。緣化不廣，出門不興，吾不信也。

　　佛説：六波羅密以布施爲第一，持戒爲第二。諸比丘能守其第二，以獲其第一。諸陀那共脩其第一，以成其第二。則大家功德不可思議，共登極樂世界矣。余故以爲勸，且以爲規。
　　蓮水居士張之兔題。

襌院小紀五

杞言

按，《綱鑑》載宋真宗景德四年丁未，汀州黔卒王捷，自言于南康遇異人姓趙氏，授以小環神劍，蓋司命真君也。宦者劉承珪以其事聞，賜捷名中正。是年五月十三日，言真君降于其家之新堂，是爲聖祖。而祥符之事起矣。又按之，史稱真宗寬仁慈愛，有帝王之量。然好奉道教，信惑異説，於是天書屢降，東封西祀。王欽若、丁謂等五鬼用事，制作紛紛，灾異叠見，而宋之元氣索矣。究其首，事特起一汀卒之妖言，而侵淫流禍遂至於此。今考之，景德丁未後，戊申即改祥符元年。計王捷事，去定光辛亥趙守奏荐及癸丑朝謁之時，先後五六年間耳。乃知有正便有妖，有佛便有魔。同時同地，定光之加號尚出神宗、高宗以後之追封，當時雖有郡守奏荐，異蹟昭彰，亦只賜南安均慶院額耳。王捷一妖卒因宦者以進，其所稱説矯誣無據，遂得蒙賜易名。越二年，己酉春二月，以方士王中正爲左武衛將軍，則么麽黔徒至儼然秩爵以榮之矣。佛高一尺，魔高一丈。果其然耶！

誌稱，汀地崇山複嶺，俗尚武勇。當深谷斗絶之處，往往掛刀，升層崖如履平地。勿論前代，自洪武元年，陳谷珍歸命，逮正統、成化，妖民作梗，兩煩王師。且界聯江廣，繹騷尤易。正、嘉後，特設處臺兼撫之。豈魔氛遺習，洗滌尚有未净耶？邇庚、辛間，武平煽亂，中多妖徒爲祟，砍殺衛所，官吏大費經營。今雖稍就驅戢，未忘蠢動。乃數月來，有傳所謂密密教者，漸染蠱惑，淫褻不經，駭人聽聞，政煩院司捕治。而離郡三十里，地名三洲，各鄉居民崇奉教主名爲無爲教者。人日輸升米，受戒誦呪，向以百計，近以千計。恃衆負嵎，豪梗者其未可問也。愚民輕信易欺，招群引類，解散不早，將來且爲地方隱禍。曲突徙薪，未雨徹土,在當事者加之意耳。輒云"毋動爲大",長此安窮？他日遡流窮源,誰生厲階？鄙懷杞憂,僭借前箸。

無美居士張之兗題。

禪院小紀六

題　　詠

募緣疏

浮沉苦海信無邊，佛說波羅第一禪。舊識留衣傳退老，重聞解帶得坡仙。懇懇好結來生果，接引齊登大願舡。瞥爾回頭到彼岸，看看火樹變青蓮。

郡乘考

舊誌新羅細閱評，開山禪祖始知名。同宗佛得真孫子，隔世人傳錯弟兄。七百年來香火地，二千里外枌榆情。西湖曾拜蛻身處，猶見生前活眼睛。

古蹟考

蒙古山河久變遷，空門墨蹟還依然。我朝神聖珍封號，不放袈裟一字傳。

其　二

最恨西番楊璉僧，一時齊發會稽陵。禪師世受宋恩者，肯使山門污虜稱？

勸規

俗情慳悋有，戒行精勤稀。偏以規爲哂，翻疑勸作癡。一文將去否，萬劫悔來遲。因果非茫渺，大家知不知。

杞言

當年景德見昇平，汀卒剛能起亂萌。遼海況今空鬼火，兩河何處不戈兵。鯨鯢波浪翻天起，豺虎衣冠撒地行。漫道杞人多過計，閩方近已費經營。汀卒事，見《杞言》。

禪院小紀七

禪院問答

宿雨新晴，條風戞竹。笘我真郡伯早從講堂歸，顧余蕭寺。偶譚及此中密密妖教，當作何處置，降伏其心。

余應之曰："有解散法，無捕治法。有彰軌法，無摘伏法。"別後，吳白漚觀察過訪，因細詢以妖教惑衆始末。

白漚曰："若輩狂蠱，皆蚩氓之窳而瘠者。"

余曰："左道聚衆，挾狐禪鼠技以争利於布金之界，此夫甌室不用肱負，而攫市無罪者也。設胥單赤寒畯，若輩何利焉？"

白漚曰："唯唯，否否。其教之立也，非有白馬天竺之梵譯，非有青牛柱下之玄超，無百丈威儀以净其薰脩，無三乘戒律以發其福慧。即里霧斗米之雄，終乏噍類。至小環神劒之僞，竟殣遊魂。彼所譸張爲幻者，不過符咒。現幫源之影，瓣香入演撰之房而已。一二愚妄男子，癉情濁業，妄嗜忡心，矯巫覡而載鬼車，詭丁甲而爇聖炬。甚或椎埋匿籍，養饑獍於鐵衫；又或鶉鵲奔淫，定婁猪於蓮幕。原其初，亦僅蠅營瓺粟，蟬翳銖蚨，而嬱憐未已，百足難僵，楚語多訛，群咻易奪。浸假而有力者，惑續燈之座。浸假而多藏者，捐禮塔之緡。至於遊手企脚之徒，燒牛供養，賣犢飯依，舍錢鏄裮裎之本業，爲之羽翼煽揚，吠聲捉泡。繇是嘉師溺志，罷民習非，中産厚亡，貧兒立耗。操作荒則賦税逋，醜類集則奸宄繁。泣其土者，劫愍之稍急，則挺而走險，窮乃思摶，伏莽弄潢，不相率爲大盗不已矣。"

余曰："公汀人説汀事，如見垣印沙徹土之慮，當作何長筭？"

白老曰："愚民易惑難悟，易動難静。此時宜於妖教披猖之地，張榜布檄，直剖邪正,明諭禍福。而保甲鈎連之法,着實舉行。令里正社長朔望講讀聖訓,使其父子兄弟自相告戒,方爲拔本塞源之策。且令地方月各回結,如有迪屢未同、怙終不悛者,衆共發之。若夫叢神易借,社齲易憑,則胥隸輿臺必不可委以耳目之權,寄以偵邏之任。蓋廣漢空舍之語,不必出於皾筒,即虞詡單車之行,非盡縫以赤線。恐恩怨指使,陰陽出入,未能發摘,而良民已重足而立往。時白蓮聞香之變,多從此起,未必非當事之責矣。"

余曰:"聖經言明明德於天下。孟子言賢者以其昭昭,使人昭昭易,所謂潔齊而與萬物相見也。若彼以密密教,而我以告密治,是以薪救火,以湯止沸耳。不佞早所對郡公彰軌解散者,正同此意。當事者若洞晰及此,亦無煩桑梓過計矣。"白老遂嘿然而起。余察其鼻端喉底,似意中有所不滿者。

適陳正甫、俞尚真二子從屏後出,曰:"刻聞二公杞憂,直爲邪輩聚衆,恐生亂萌。然今天下叢林衆矣。化城金碧,侈傑構之連甍,精舍紺琳,炫甍飛之祇樹。緇衣雨集,髡頂闐衢。或練苦空於佛牛,袵甘鑽鐵;或習拳養於嵩室,擊刺鮮肥。萬有不測,一呼四集,不待黃其巾,赤其眉,净土化爲戰塲,多羅裂爲短後。公等獨不慮耶?"

余曰:"不然。彼爲佛,而此爲魔。佛以明教,魔以密誘;佛以醒世,而魔以惑世者也。佛所破者貪、嗔、癡,所戒者盜、殺、淫,所圓通者受想行識,所攝持者自他俱利。半滿兼脩,主於究竟;涅槃明心,見性而已。嘗見名山多占,勝刹長尊。禮拜愈衆者,工課亦愈勤;受持愈嚴者,戒律亦愈肅。晨昏宣唄外,運水、搬柴、打坐、攝睡,如步伐止齊之不可亂,使人懺悔、慈悲、生敬、生哀。其餘回頭失岸,行脚無邊,丐達嗷於檀那,倚披剃爲養濟。稍有作奸無賴,首捕主名,一郡倅縣尉治之耳。豈如若輩,招群引類,夜聚晝散,伏匿巢穴,蹤跡詭秘。至煩地方顧慮,有司經營三尺,其未可遽問耶!昔張角、韓山童輩,胥以魔術集衆,卒成厲階。而緑林、潢池、窺關號澤者,何代無之?曾未見有黃冠、緇衲、白足、赤髭爲之樹幟者。豈非菩提之樹,原不結脩羅之果;般若之舟,亦不泛毗迦之浪也哉。昔韓文公《佛骨》一疏,巖巖鐵漢,而晚年却與顛師印可,深投針芥。即人尊元祐之學,家誦眉山之書,而於契順、辨才、琴聰、蜜殊諸智者,不啻玄度之求支遁,文通之愛惠休。至我明創制,卓越千古。亦於郡國各置僧綱司以統之。豈不知儒、墨相譏?然要之,無關無害於世道,不妨並存於天地間。使民出於六教列爲三,銷其血氣之險,而柔以禪悅,解其飢寒之怨,而導以布施。凡大地兇棍遊閑,另得一路生活,不胥爲盜者,佛輪與王鈇,固交相維而不悖耳。

陳子曰:"古今滅佛者,莫如會昌。而奉佛者,莫如大通。然唐之主不增數,而梁之主不考終,則何也?"余適焚香净几,未及置答。

俞子忽起曰:"不然。凡言禍福者,皆論其理,而不必有其應。倘必一一責其徵應,則蹠壽顏夭、孔厄原貧,是吾儒降祥降殃之理,皆屬誣誕不經之談矣,而何論于佛?若梁武捨身之愚,人人共笑,不足爲佛尊。梁武殺身之慘,人人共憐,不足爲佛貶。綱目史斷中稱梁武孝慈恭儉,博學能文,敬禮大臣,勤於庶政,徵賢求士,尊經興學。禮樂制度,相望於册。是以四十七年境内無事,公卿閭里罕見兵革。賊至猝迫,公私駭震,都門不守,則聽朱异納侯景一言誤之也。夫侯景納降,一年而叛,帝壽八十六矣。使先二年而死,縱無受降之誤,亦難掩其捨身佞佛之非。即使梁武而素不佞佛,不捨身,而侯景以凶狡之性,荷高歡卵翼之恩,墳土未乾,即還反噬,逃死關西,宇文不受,棄鄉國如脫屣,背君親如遺芥,豈能遠慕聖德,爲江淮純臣耶?臺城之禍,亦必不免耳。故謂梁武之佞佛捨身,等於兒戲,足爲後人姍笑,則可謂其以致亂國殺身,則冤梁武甚,且亦冤佛甚矣。"

陳子曰:"吾儒尊信孔孟者也。異端邪説,孔孟固已惡之矣。"

俞子曰:"不然。孔孟所惡,非惡其背儒之異而邪者,乃惡其名爲儒而實爲異而邪者也。春秋戰國時,佛教未入中國,惟柱下一派,爲道家鼻祖,明明與儒異矣,乃孔子稱猶龍,可子桑友原壤,若置之不辨焉。何也?彼其明異吾儒者也,不待辨也。乃鄉原非所號爲忠信、廉潔之儒者乎,似是之非,深惡痛絕,直斥之爲亂爲賊。至聞人少正卯,則儒之足以欺世而盜名者矣,兩觀斧鉞,曾不少貸焉。孟氏謂:楊朱、墨翟之言盈天下,而括之曰'處士橫議'。謂之士,則皆儒者也。謂之儒,則皆自負爲齊治均平之師,皆欲受人天下國家之托者也。此處關頭,分剖不真,使言清行濁,外夷衷蹠者得陰售其僞,肆行其毒,則貽害蒼生,玷辱名教,當自不小耳。若佛家,土苴天地,芻狗萬物,彼原不預人天下國家事,人亦不以天下國家托之。試觀唐宋以來,名禪高僧,蒙恩眷、錫封號者比比,雖以崇信如梁武,亦未常假空門,以事權與之,平章軍國者也。且從來中官外戚、權臣強鎮,過受恩寵,便有柄倒難收、尾大不掉之患。獨浮屠一脉,時隆時替,任廢任興,於治亂安危之數,毫不能爲有無。故凡儒外之教,得以並存天地間者,皆其無關無害於世道者也。古今善惡人品,至君子、小人盡之矣。孔子首言儒,即明標君子、小人之目分毫不少假借,真千古獨具隻眼,爲天下後世慮至深遠也。吾故謂,儒之有小人,即佛之有魔也。魔之惑世,非逆王法所必誅,亦佛乘所必斥。乃一切小人儒者,優孟肖敖,澤麋蒙虎,反得剽竊。咳唾依(下原闕)

校 點 後 記

《淮南子·道應訓》:"吾與汗漫期於九垓之外。"高誘注:"汗漫,不可知之也。"明晉江張之奐《汗漫唫》乃其汗漫遊蹤之唫稿。"唫",同"吟"。

張之奐(一五七九—?),字無美,號蓮水居士,泉州晉江(今晉江市)人。李廷機甥,張瑞圖從弟。

據同鄉李鍾衡《〈汗漫唫初集〉叙言》稱,張之奐"五刖棘闈,再躓乙榜,遂棄而入北雍,復困數載"。後以張瑞圖貴,得蔭官中秘,又因貪杯辭官歸,自後作汗漫之遊。文淵閣大學士黄景昉序其《汗漫唫》曰:"無美年五十始工詩,詩自延、建始。"

《汗漫唫》共八集,初集即稱《延建草》。崇禎元年(一六二八),張之奐年五十,詩歌作於福建延平府(治所今在南平市延平區)、建寧府(治所今在福建建甌市)二地,有刑部左侍郎丁啓濬《小引》、李叔元《小序》、黄景昉《序》、張瑞圖《題辭》、李鍾衡《叙言》。二集《清漳草》,崇禎四年作於清漳(福建漳州別稱),有學者張燮《序言》、吏部郎中林胤昌《序》。三集《北遊草》,崇禎五年作於延、建、浙江之遊时,有曹勳《題辭》、陳于鼎《序》、張瑞圖《題辭》。四集《當湖草》,崇禎五年冬作於當湖,當湖又名柘湖、平湖(今浙江嘉興),有韓敬《題詞》、楊允升《序》。五集《苕上草》,崇禎六年春夏間作於苕上(今浙江湖州),有胡守恒《小叙》、張孫振《序》。六集《武林草》附《南還草》,崇禎六年秋冬間作於武林(今浙江杭州)及由浙江歸閩道中,有南京國子監司業周鳳翔《題辭》、譚貞默《叙》、廣東按察僉事吳載鼇《序》。七集《轉蓬草》,崇禎七、八年間,詩人輾轉於福建興化、福州、福寧、建寧各府州縣,作此集,有周昌儒《序言》。八集《臨汀草》,崇禎九年作於汀州(今福建長汀),有胡爾愷《叙言》。因此,《汗漫唫》收録的是張之夬從崇禎元年至崇禎九年前後九年,即五十歲至五十八歲時的作品。其履跡除福建八府一州,還有江浙之蘇州、松江、杭州、嘉興、湖州等地。這些詩作,身後由其子張涵夫編輯成書。

張之夬雖五十歲始工詩,然其作品一問世,即爲當時許多詩家所青睞,如曹學佺、張燮、張瑞圖、林古度、黄景昉等。張之夬與他們的唱和之作,可以作爲研究這些詩人的材料,值得重視。張瑞圖論張之夬詩的特色云:"大抵皆境因情發,言與景會,其牢愁感慨,雖不能盡韜,而每含抑之,不至露泄無餘。使人一唱三歎而有遺音,蓋性情之正,亦江山之助歟。"(《〈北遊草〉題辭》,《汗漫唫三集》卷首)稱其山水詩"尋幽攬勝之什居多,率逍逸酣暢而時發抒無聊感慨,悲邑亦露一二焉"(《〈延津草〉題辭》,《汗漫唫初集》卷首)。

崇禎九年之後,張之夬的行跡不是很清楚,可能以家居爲主,應當還有作品,可惜没有流傳下來。崇禎十年是其花甲之期,張瑞圖作《無美弟初度》贈之:"達生兼曉攝生方,花甲看君政未央。脱屣早能辭秘省,銜杯近亦諱高陽。吟壇秀語多超乘,作室善居待肯堂。白葛烏紗攜手處,百年春草在池塘。"(《白毫菴集·雜篇》卷三)大意説,張之夬本性放達,好汗漫之遊。早辭秘閣,原本貪杯,近來已不作高陽酒徒,注重攝生養性。第三聯稱讚之夬之詩,以爲秀語雋句,非常特出。崇禎十二年,張之夬與張瑞圖之婿丁樞爲張瑞圖編刻《白毫菴集》,可知此年張之夬應當在世,然具體卒年不詳。

此次點校以日本内閣文庫藏崇禎本《汗漫唫》爲底本。又收入張之夬《定光禪院小紀》,《小紀》有《題詠》七則,笪繼良、吴廷雲爲之《序》。張瑞圖爲東閣大學士,名聲很大,之夬爲其從弟,加上交遊廣闊,一書八集,各集有序,多達十餘篇,本書一一照録,仍舊置於各集之首。

《汗漫唫》刊刻間有紕繆,如五集正文作《茗上草》,目録作《茗雪草》,本書從正文作《茗上草》。《汗漫唫》何時流傳至東瀛,待考。内閣文庫藏本五集卷首胡守恒《小叙》,原題缺,首行"兒女情多強作解事"亦覺突兀,仔細檢索,發現此文首頁裝訂錯置於於卷八胡爾愷《叙言》之前,本書復其原貌。《定光禪院小紀》之後還有一篇清溪(今福建安溪縣)知縣許自表《序》,此《序》入手便稱"先生自初應公車時所傳《五雲居》、《不腐齋》諸稿"云云,與張之奐創作經歷不符合,之奐從未中舉,自然無"上公車"之説;之奐五十之前無詩亦無集,《五雲居》、《不腐齋》不知所據。文中與之奐行蹤不相符之處甚多,最可證明此《序》非爲之奐所作者,謂張之奐行至仙遊楓亭而卒,《序》作於崇禎七年甲戌,是年張之奐尚在人世。因此斷定此文爲誤插於《汗漫唫》之後,與張之奐其人其書無關,本書棄之不録。

編　者
二〇二〇年十二月

歸囊遺稿

汾溪先生歸囊遺稿序

　　先從伯父汾溪公登孝皇乙丑顧鼎臣榜進士,仕頗齟齬于時,脫得僉蜀之轉,稍稍叙遷矣,竟卒于官,年未滿五十。公之不獲少壽,以需大用命也。申竊觀我明宗工鉅儒莫盛於弘治之季,蓋累朝仁聖之所培養,十八年文治之所濡涵,斌斌焉出矣。其時北郡李獻吉先生倡古文詞,鳴於關右,而操觚之士翕然和之。公自通籍不得一命,立朝服官于荆、吳、楚、越之間,所交東南名士,若姑蘇顧公華玉、上海陸公子淵、晉安鄭公繼之、寧都董公壽甫、漳浦林公廷元,並揚葩於文苑,振翮於士林,皆與公有意氣之求,切劘之益。即其一時平章風雅,視鄴下七子之英,若無多讓者。觀魏文帝與吳季重書,謂徐、陳、應、劉諸人,皆一時之儁也,頃撰其遺文都已成集,而追思姓名,已入鬼錄,良可槩已。夫以建安擾攘之際,元氣消剥,宜其英賢相繼凋謝。乃數公生當盛時,自顧、陸以下,年與位不究其才,而所著成一家言,足自表見于後。獨公先諸公逝去,未獲手校其集,蜀道之行,崎嶇旅櫬,括其生平之稿,散逸而不存者多矣。邇得其孫衍夏蒐公所爲詩若干首,出以示申,因受而讀之。知公之詩本性情而諧音律,與諸公倡酬者爲多,其格調之可方名家若何,非申小子所敢置議。然古有云不知其人視其友,持此以評公之詩可也。惟公殁時,申尚生髮未躁(燥),及今已馬齒五十餘矣,乃得讀公之詩。伯魯之簡,幾忘於先,而復傳於後,既幸手澤之如見,又不能無歔欷於今昔之感也。於是乎序之。

　　賜進士、中憲大夫、廣西梧州府知府、從子自申譔。

重刊歸囊遺稿叙

　　《歸囊遺稿》者，吾族祖汾溪公所著也。憶少時，先大父孝子公嘗言：吾宗破荒掇第，肇自汾溪公；其生平文章經濟備詳諸史給諫行狀，及崇祀鄉賢槐江公序中。然載稽譜系，追憶舊聞，則又有恢復祖墳一節爲二公不及叙。謹按，吾宗自肇遷陳江，至公時凡八世，不過數十人。始祖節齋公墳地，在郡東門外靈塘山，久爲他族逼處，佔葬累累。公通籍後，太翁頤隱公訓之曰：不理東郭墳，無以官爲也。公乃令三弟東淮公，控諸當道。其中許多層折，始歸還我地。宗人德之，迨公没後，力請公宅兆附焉。迄今歲埽祖墳，必并公墳行禮，所以報祖功而答宗德也。所惜者，人人知奠祭汾溪公，而不知表揚汾溪公。如《歸囊稿》一編，於今版既無存，詩亦於吾家僅見手鈔。撫墜緒之茫茫，悵遺編之杳杳，誰之責歟？誰之責歟？余時尚幼，尊所聞而不及行所知，忽忽於今幾五十年。今夏長子寶森來署，談叙間連及此事，長子應聲曰：此書適偶帶來，可否即付剞劂？余聞之不勝驚喜。因命其重校，召匠急鐫。竊念孝子公生前諄諄遺囑，積數十年不果於行，兹乃以一念之誠，即得兒子帶來。可見人生作事，往往有期之意中，而即得諸意外者。嗟嗟！申先正之典型，基重有後；守故家之長物，道在更新。撫今追昔，安知非吾宗祖在天之靈，默爲呵護，俾克表彰先人之制作，用以見一生心血不至盡歸湮没歟。余小子不但有以對吾族祖汾溪公，抑亦可無負吾孝子公生前一段不匱之孝思云爾。於是乎盥手而敬誌之云。

　　光緒二十二年，歲在柔兆涒灘天中節，族孫廷蘭謹叙於福州府吳航學署正齋之思補堂東軒。

目 錄

汾溪先生歸囊遺稿序 …………………………… 丁自申 145
重刊歸囊遺稿叙 ………………………………… 丁廷蘭 146

歸囊遺稿 …………………………………………………… 151
 五言律詩 ……………………………………………… 151
  用林白石訪舊遊周德深西埜韻 ……………………… 151
  用白石雲隱山房韵 …………………………………… 151
  奉答廣東梁進士以順 ………………………………… 151
  寓白土公館阻雨,次屏中韻自解 …………………… 151
  次同年純玉義卿韵 …………………………………… 151
  挽石崖先生旅櫬過杭 ………………………………… 152
  次葛府尊韵 …………………………………………… 152
  送鄭繼之 ……………………………………………… 152
 五言古詩 ……………………………………………… 152
  兵發餘杭 ……………………………………………… 152
  次韻贈申都閫 ………………………………………… 153
  入覲 …………………………………………………… 153
 七言律詩 ……………………………………………… 153
  寓白土公館阻雨,次屏中韻自解 …………………… 153
  過彭城次陳祠部子直韵 ……………………………… 153
  次秦虞部韵 …………………………………………… 154
  松江寓公署次東喻韻 ………………………………… 154
  次董都運遊天竺寺韵 ………………………………… 154

次秀野亭韵……154
幽嶺與留克全……154
次同寅韵……154
舟中與林白石聯句……155
送華同僚……155
次遊孤山韵……155
辛巳秋八月之任四川玉臺山，行過雙山有作……155
過拿口辭甫盛悠齋韵……155
過邵武小江韻……156
次葉工部韵……156
用璜溪韻次白石……156
次周方伯韻……156
奉答廣東梁進士以順……156
次廣東梁進士賞葵……157
次董璜溪來韵……157
次地官汪南雋希會韵……157
次洪繼明韵……157
次葛惠泉韻……157
次葛惠泉酬張公瑞送新韻……157
移居後柬林白石……158
馮提學贈董璜溪詩索和……158
費鵝湖贈董璜溪索和……158
潘孔修提學贈董璜溪索和……158
舟中用憲長宗竹溪先生韵……158
題從心樓冊葉……158

七言古詩……159
踏荒……159
題同年洪繼明鹿溪圖卷……159
題董中舍雲山圖，中舍璜溪姪也……159

遊通、賢二上人山房 …………………………………… 159
　　題龍游何用明兩希卷 …………………………………… 160
　　喜雨歌呈六遲先生 ……………………………………… 160
　　六遲先生賡韵嗜學吟虛中四韵,命區區湊之 ………… 160
　七言絕句 …………………………………………………… 161
　　送鄭少谷 ………………………………………………… 161
　　治農宿厓溪寺 …………………………………………… 162
　　山行 ……………………………………………………… 162
　　芝草 ……………………………………………………… 162
　　賀中實弟得男 …………………………………………… 162
　贊 …………………………………………………………… 162
　　節推詹同僚節孝傳贊 …………………………………… 162
　　無爲居士贊 ……………………………………………… 162
　　淑慎孺人贊 ……………………………………………… 162
　説 …………………………………………………………… 163
　　長孫命名説 ……………………………………………… 163

附録一 ……………………………………………………… 164
　温陵丁汾溪先生行狀 ………………………………… 史于光 164

附録二 ……………………………………………………… 166
　歸囊遺稿附録 ……………………………………………… 166
　菊花圖卷 …………………………………………………… 166
　　菊花圖 …………………………………………………… 166
　　同年丁文範先生低迴郡縣垂二十年,庚辰朝正以杭州至七月望
　　　南還,題以識別 …………………………………… 陸 深 166
　　正德庚辰入覲,予與丁汾溪同舟發京師,汾溪出此圖玩之。
　　　至武林,書以識別 ………………………………… 林 魁 167
　踏荒行卷 …………………………………………………… 167
　　贈踏荒行序 ………………………………………… 陶 驥 167
　　　……………………………………………………… 鄭善夫 168

··· 陶驥 168

　吾友丁君文範以名進士歷官海寧、黃梅，及判松郡，所至有英聲茂績。予方以得佐自幸，而臨安之命下矣，無能挽留，爰次韻爲贈行，且以著鄙懷之拳拳云 ························· 周鶵 168

··· 董天錫 169

附錄三 ··· 170

　山水音詩集重刊記 ··· 丁廷蘭 170

　山水音詩集 ··· 171

　　舟中偶興 ··· 171

　　白蓮花 ··· 171

　　亭步驛 ··· 171

　　病起 ··· 171

　　新晴 ··· 171

　　賦得雞聲茅店月 ·· 171

　　睡起 ··· 171

　　菊 ··· 172

　　舟中即事 ··· 172

　　滕王閣 ··· 172

　　岳武穆廟下作 ··· 172

　　七夕 ··· 172

　　九日 ··· 172

　　歸途述懷 ··· 172

　　竹 ··· 173

　　春遊 ··· 173

　　途中晚眺 ··· 173

　　與友人小琰聯句 ·· 173

　　釣臺 ··· 173

校點後記 ··· 174

歸囊遺稿

五 言 律 詩

用林白石訪舊遊周德深西埜韻

朋好因尋舊,維舟栲栳西。地偏人迹少,家近柳陰迷。清調風前奏,狂吟醉後題。自憐傾蓋滿,谷口屢相携。

用白石雲隱山房韵

最愛僧房好,幽深引興長。石臺對鮮碧,玉樹發天香。禪寂塵無到,心清氣自涼。貝多翻不盡,一夜鬢堪霜。

奉答廣東梁進士以順二首

遲月開軒敞,披襟坐晚涼。清新才子俊,疎放老夫狂。庭際瓜青蔓,階前柏子香。對君清夜話,身世在他鄉。

其 二

野寺苦炎熱,夜深雨漸涼。自憐身漂泊,君愛客清狂。月色中宵白,荷花隔水香。南窗清夢覺,愁寂轉思鄉。

寓白土公館阻雨,次屏中韻自解

驅車投晚宿,沽酒送斜陽。雨暗前山隱,雲迷去路長。溪流難涉渡,從子謾搖裝。直待天清朗,何勞着自忙。

次同年純玉義卿韵二首

愛靜來幽寺,僧留坐有時。園蔬供午膳,山果薦高巵。叢竹清陰罩,庭花淑影移。前庭一寶塔，獨上豁襟熙。

其　二

野寺苺苔碧，空門人跡稀。鈴聲風動遠，山徑草茵微。寶塔巢丹頂，墙花露紫薇。翠筠清坐久，僧話挽朝衣。

挽石崖先生旅櫬過杭

忍讀石崖傳，太息淚沾巾。年華剛五十，思作玉樓人。忠孝承家學，風流動縉紳。遊魂客東魯，旅櫬返南閩。鳳毛心獨苦，薤露倍傷神。

次葛府尊韻二首。

刑署馳聲久，黃堂初拜官。士民深屬望，朝夕強加餐。吳會相逢處，湖山不盡懽。車中新雨露，願灑潤枯寒。

其　二

使君過鳳城，枉駕不嫌輕。狂瞽無高識，芻蕘達下情。湖山淹幾日，雞黍薦微誠。君到詢良吏，梅溪有應聲。

送鄭繼之二首。

佳人本空谷，聞君喜幽獨。故遣侍君傍，早晚扇清馥。北窗臥羲皇，發興亦不惡。念君惜英姿，莫使芳搖落。

其　二

山人鄭少谷，旅寓不愁貧。湖海留連客，乾坤磊落人。筆精王逸古，詩思杜陵春。驥足原超起，駑駘可夢塵。

五言古詩

兵發餘杭

民隸何無知，談笑自怡悅。不見涸轍魚，幾時能長活？炎炎盛暑天，勞我王師發。清曉度餘杭，薄暮幽嶺歇。壯士撫雕鞍，感慨氣激烈。義旗抵深林，群盜心膽折。帥師得丈人，一鼓獲其桀。凱旋獻捷音，正值端陽節。

次韻贈申都閫

　　王事靡皇居，倉黃持尺牘。盛暑擁旌旄，遠戍深山谷。禦備無邊營，外柵編籬竹。肅將仗天威，狐兔皆潛伏。登高一舒笑，醜虜在吾目。倚劍舞空山，劍光閃嶽麓。興衛既日閑，良馬爭馳逐。矢石多間關，辛苦均童僕。骨性慣風寒，草行夜露宿。

入　　覲

　　我來正雨雪，今見長蘩蕪。留滯京洛久，空悲歲月徂。天王事南征，罪人已就俘。旋師未有期，萬國待嵩呼。行囊空羞澀，人事費支吾。從子各云去，童僕筋力枯。東家借馬騎，櫪上乏青芻。出門徒步行，胥喘汗沾膚。別家經半載，漂泊燈影孤。日來無簡事，掩卷坐長吁。形容日消瘦，那復色敷腴。有客過相從，論交入酒壚。三杯耳熱後，強歌無歡娛。共說皇州好，孰若返故都。久住東人嘖，闃亡撒坐隅。歸來空竚立，無語獨踟躕。但知歌聖代，豈意笑窮途！青袍有何意，名利誠區區。拂袖歸未得，回首叫蒼梧。何當生羽翰，一夜到東吳。

七言律詩

寓白土公館阻雨，次屏中韻自解

　　路入丹陽有幾灣，雙旌此去又南還。仰噓虹氣三千丈，難透利名第一關。金闕曾趨聽鳳詔，玉階未許列朝班。君恩慚負涓塵報，竊祿備員總厚顏。

過彭城次陳祠部子直韻

　　白蘋秋日轉晴光，爽氣夜深覺露涼。楚漢爭雄成杳杳，彭徐流水自湯湯。

三章約法漫誇漢,千載知幾獨羨良。慚愧十年成底事,江湖辛苦逐人忙。

次秦虞部韵

宦途寵辱幾番驚,争奈浮生役利名。荆璞未逢還自惜,仙舟共濟足君情。謀身羞作十機巧,守己惟存一念誠。他日追思青眼處,梅花清夜夢中生。

松江寓公署次東喻韻二首。

江南九月雨清霜,鴈叫汀洲氣自涼。墙角桂香飄已盡,庭前檜色老還蒼。郵亭信宿看橫劍,野水行人問小航。慚負君恩無寸報,竊禄吴松只隨行。

其　二

秋宵不寐鼓三更,愁殺寒蛩永夜鳴。濁酒飲餘醺欲睡,新詩吟就思還清。隋珠指日增高價,燕石何時動北旌。旅館夜深猶秉燭,故鄉千里不勝情。

次董都運遊天竺寺韵

古寺連雲聳碧天,禪房入定老僧便。春風携手登山際,石磴聯詩偏竹邊。遠樹浮煙迷曲徑,疎林落日照殘筵。登臨興罷歸來晚,月出東山載滿船。

次秀野亭韵

園亭秀野面淞山,境自清幽人自閒。高閣疑留渾欲醉,小舟輕泛卻忘還。映塘雲影静堪玩,隔水桃花笑可攀。啼鳥一聲也歸去,恍然身世出塵間。

幽嶺與留克全

十年薄宦客他鄉,松水會遷過古杭。正喜黄堂連榻坐,且驚幽嶺動參商。官中公事何時了,省下塵勞竟日忙。寄語浮煙俱掃净,湖山可得醉霞觴。

次同寅韵二首。

萬國嵩呼祝聖明,人心風景有誰更？城中永夜無鳴柝,谷口今朝始別營。

旌斾麾時氛氣散，馬蹄過處隴頭平。功成提獻相稱賀，只恐天顏也動情。

其 二

幽嶺朝來徧歷過，小蹊曲徑路偏多。金城全勝思充國，沙漠宣威仰趙頗。常說建都依地利，豈知守位在人和。可憐宋室英雄者，垂斃連呼三過河。

舟中與林白石聯句二首

涼風萬里送歸舟汾溪，瀛海清波接衛流。劍珮遠從天上下白石，星辰寒傍枕邊浮。連床夜雨談還劇汾溪，隱几秋山覺漫周。久別相逢仍惜別白石，愁看征鴈過南樓汾溪。

其 二

歸路新涼喜共舟汾溪，況兼明月映清流。風聲夜送天香落白石，樹色晴連海氣浮。千古才名稱李郭汾溪，百年心事仰伊周。自憐回首依南斗白石，五色雲深隱鳳樓汾溪。

送 華 同 僚

昨夜江頭買去船，江煙落裏曉霜天。官階陟峻君堪羨，世事乖違我獨憐。萬里郵亭催去馬，六橋芳草忽離筵。逢人若話西湖景，歌舞依稀似去年。

次遊孤山韵

喜伴群仙半日遊，湖山清勝暫攀留。峰分南北千年秀，水迤東西十里流。山寺樓臺啣晚景，芙蓉秋色遍芳洲。人生對景須行樂，何獨常懷百歲憂？

辛巳秋八月之任四川玉臺山，行過雙山有作

玉臺山路過雙峰，雲擁征輿出半空。樹色行看隱見裏，人家時在有無中。可憐盡室忙人力，何處長江有路通。蜀道西行應萬里，郵亭沽酒且從容。

過拿口辭甫盛毖齋韵

西遊萬里正秋初，到處郵亭可息居。澗底行來看活水，山頭莫漫聽啼鵠。

知愁多病妨三益，不羨成功向五湖。廊廟江湖俱有事，行行莫托此生虛。

過邵武小江韻

山行投宿過斜陽，古木陰陰野草芳。西去直行登蜀道，南來今始離閩鄉。側聞聖主詢幽隱，會見諸公起廟堂。秋夜柏臺凉獨坐，碧窗清送雨花香。

次葉工部韵

辭路依山常聞寂，客邊度日泛如車。斜陽煙舍初聞語，荒草殘碑不見書。卻喜涼風吹去斾，那堪細雨濕征輿。年來駑蹇行來漫，願效祖生一着祛。

用璜溪韻次白石

野寺尋常過客稀，長廊無事掩荆扉。偶因僦屋來幽寂，翻想登山入翠微。小院日長簷雀噪，空庭夜静火螢飛。可憐地主知何去，遊子天涯失所依。

次周方伯韻

清時修職覲皇畿，金闕趨朝旭轉暉。初度喜逢元日是，殊方苦憶故人非。惟將方鎮供民牧，會見朝廷補袞衣。王子求仙應未返，春風回首幾時歸。

奉答廣東梁進士以順三首

乾坤到處一清官，一笑相知信是難。蛇足謀身羞我拙，龍門奉袂託君懽。浮生半世元無用，解壽斯民亦有丹。清話投機因久坐，月華已上映朱闌。

其二

到處逢人說好官，乾坤知己古來難。高情每荷深銘刻，雅會還同一笑懽。希世無能聊自足，延年有道不須丹。多君青眼頻相顧，百遍清談意未闌。

其三

交遊閱遍許多官，學行如公信是難。江左詩書手澤舊，浙西湖海笑聲懽。

古椿凋世靈還在,桂子經秋色愈丹。竟日清談渾不厭,何妨鐘鼓報更闌。

次廣東梁進士賞葵二首

野寺荒涼幽轍迹,天涯暫借偶棲身。燕尋梁宿憐無主,葵向陽開覺有神。爛熳階前應惜晚,追遊客裏莫嫌頻。秪愁一夜涼風急,空負書生嗅汝心。

其二

眾芳細瑣不相宜,野寺尋來春已遲。靜息何緣依老宿,看花須是識天機。僧家培種當春早,我輩登臨恰夏時。景物不殊鄉國異,令人回首動歸思。

次董璜溪來韵

客居又向出城移,似此玉人少會之。喜有陽春贈我句,愧無白雪和君詞。山僧無事眠常早,客子多愁睡較遲。嘆息襄王雲雨夢,不知何日是醒時。

次地官汪南雋希會韵

共喜萍蹤逢易水,曾瞻使節駐吳山。終風悼我飄零際,青眼憐君轉盼間。作客十年江漢遠,傷心一夜鬢毛班。半生牢落成何事,擬托丹砂學駐顏。

次洪繼明韵

眼看青柳出宮垣,朝覲遲留足此番。萬國衣冠依北極,百年麟鳳萃中原。客身到處投新主,燕子從來識舊園。堪嘆人生不似物,低頭自愧復何言。

次葛惠泉韻

南京消息報來頻,禁仗回鑾總未真。留住朝官心獨苦,放回從者笑相親。關山馬度從前臘,京國僑居過暮春。苦被微官羈係我,低頭憗卻採薇人。

次葛惠泉酬張公瑞送新韻

終朝醉飽飫濃鮮,誰送月團喜若顛。採掇正當三月後,勾萌應是百花先。

夜餅烹處鶴應避，山臼敲時色尚妍。陽羨山頭真上品，玉川詠取入詩篇。

移居後柬林白石

南陌東城咫尺居，何當遷次會來疏。淒涼僧舍愁誰語，落魄羈懷興自孤。身世何期淹北薊，夢魂曾記遶西湖。無端憶惜周天子，八駿瑤臺定有無。

馮提學贈董璜溪詩索和

一代文名動斗南，齔臺親見澤深潭。利權直撿心無愧，窀户常憂命不堪。靜裏乾坤聊自適，吟邊風月竟誰貪。多君青眼偏憐我，三載相看喜盍簪。

費鵝湖贈董璜溪索和

三載追隨笑語頻，知君風節出囂塵。情多朋好偏驚俗，官滯齔司不記春。舊雨劇談渾不厭，清詩細和語還新。秋江倚棹高回首，列宿依依向北辰。

潘孔修提學贈董璜溪索和

平生性懶用機關，到處逢人只愛山。鹽權叢中稱峻潔，簿書堆裏亦清閒。丹心迥逼雲霄上，詩興偏濃杯酒間。湖海疎燈連榻夜，細聽高論到更闌。

舟中用憲長宗竹溪先生韵二首

白蘋兩岸轉初秋，卻喜朝回共綵舟。簾捲涼風通燕語，纜牽斜日起眠鷗。琴書坐對渾忘倦，樽酒相逢漫解憂。自嘆江湖成浪迹，南來北去幾時休。

其二

瀟瀟風雨滿江秋，禾黍高低映客舟。仗節還期扶赤日，尋盟莫漫託閒鷗。京華北望豈忘念，村落南來總可憂。擬向滄州將遠去，卻慚官絆未能休。

題從心樓册葉

高樓卜築瞰方塘，爲愛源頭活水長。風靜水天同一色，人閒詩酒兩相忘。窗虛野趣新盤谷，地僻風光舊草堂。五馬歸來朝市遠，白頭一枕午清涼。

七言古詩

踏荒

野寺荒涼稀轍迹，蓬蒿滿地苔蘚碧。山僧遠見畫船來，炷香瞻拜岸河側。問予盛暑來何爲，此行不是空遊逸。九重天子愛民深，當道重念民困極。我來踏荒問風謠，盡道此田種不得。忽聞斯語心隱憂，展轉中宵不安席。國家財賦仰東南，東南田荒真可惻。租稅色陪何了期，民力不堪相促偪。卒遇旱溢災薦臻，操瓢轉棄溝中瘠。舉頭合手籲蒼天，安得萬頃荒蕪變稼穡，處處民生得蘇息。

題同年洪繼明鹿溪圖卷

鹿溪清叟同年客，入覲時來淹上國。手提新畫鹿溪圖，清晨訪我求墨迹。鹿溪溪上麋鹿遊，鹿溪溪水漾清流。甘肥不減盤谷口，疎快頗近浣溪頭。羨君深處結茆屋，晚計歸休適心目。杖藜來往閑看雲，澗水淪漪人如玉。風月溪間自四時，漁樵耕讀總相宜。郊扉莫嫌生事少，就中靜息漢陰機。汾溪溪南十畝陰，對此感我歸來心。十載紅塵成底事，人生倏忽二毛侵。我詩恐未盡君意，請君感興自長吟。

題董中舍雲山圖，中舍璜溪姪也

昨夜故人邀我飲，入門笑展畫圖看。依稀霧樹參差見，彷彿雲山屋幾間。中有幽人道氣多，豪門要路不曾過。落花白日惟習靜，但遇地勝即高歌。追隨從此坐移時，斜日清樽醉不知。醒來呼童問何處，始知此地是璜溪。

遊通、賢二上人山房

臨安老臣入覲客，流落天涯歸未得。終朝風塵懶出門，擁襟獨坐長嘆息。長安適逢通上人，好事時來慰疇昔。天明邀我浴蘭湯，問訊璜溪與白石。浴罷石池出洞房，掃地開樽籬邊竹。古愚上人趣更高，愛客清狂無南北。觥籌交錯酒半酣，雲隱山房催即席。通幽曲徑靜復深，花木清陰苔蘚碧。精鹽春韭且割鮮，土酥冬葅練仍綠。酒令傳呼未幾巡，相看滿座皆春色。白石倚闌斜點筆，璜溪拍牀敲棋局。余亦擁矢起投壺，山童高唱清商曲。兩僧對舞持勸飲，衫袖翩翩生羽翼。興移隨意坐堦苔，喧笑不覺烏紗側。虎溪三笑竟悠悠，竹院逢僧已陳迹。同是東西南北人，相逢何必舊相識。酒闌日落下山西，回首上方向昏黑。山門相送各分携，歸路馬嘶月色白。

題龍游何用明兩希卷

衢龍之山生絕奇，衢龍之水漾淪漪。迤邐流入斗潭去，中有處翁年古稀。阿母堂背春暉煖，年華七十與翁齊。處翁藜杖日看雲，阿母襁褓弄蘭孫。全家道氣藹如春，仙郎標致迥出群。壯年擢秀遊上國，懷中抱璞人未識。手持素練兩希書，遍叩縉紳求墨迹。君不見裀鼎坐食時，翻思負米長嘆息。又不見七十作嬰兒，臥地弄雛二親側。人生具慶世所難，況復兩希今罕得。但願處翁與阿母，朱顏鶴髮長相守。蟠桃曾結千年實，盛取盤中稱壽酒。烏紗霞帔應有時，庭闈春日舞班衣。感我靈椿一株老，為君長詠兩希詩。

喜雨歌呈六遲先生

楊柳風輕二月天，農人閔雨不成眠。南山夜半雷聲殷，喚起蟄龍騰百川。雨勢霶霈淋下土，四郊沾足水平田。夫耕婦饁酌春酒，共說今年都大有。官租私債可無憂，朝廷布新除卻舊。黃童白叟攔街舞，爭道及時好甘雨。汾溪不覺喜欲狂，強作狂歌歌舞雨。

六遲先生賡韵嗜學吟虛中四韵，命區區湊之

不寒不熱中春天，嗜學諸生夜不眠。力如良駒馳遠道，氣如長虹吸大川。休恃少年兼厚産，古云經史是良田。昨日東家勸我酒，不知吾於爾何有。莫道

今日待來日,空腹歸來渾依舊。歡極足蹈兼手舞,先生施教如時雨。有志希顏即顏徒,從古塗人可爲雨。

　　右《嗜學吟》,乃六遲先生示教吾子輩嗜學之意。觀者知所以命意而靜體之,幸毋只作一場説話可也。

七言絶句

送鄭少谷十首。

京洛衣巾可染塵,乾坤何處着吾身。南來山水經遊地,一笑相逢是主人。

其　二

此生自覺宦情淡,每托漁樵結歲盟。君去富春山下過,繫舟重上謁嚴陵。

其　三

爲人性僻耽山水,到處棲遲不記秋。曾愛武夷奇絶處,此回更向武夷遊。

其　四

茆屋山中寄病身,就中何術最清神。作詩寫字俱抛卻,免使飛塵點素巾。

其　五

乞病歸來尋舊隱,鼇峰松竹未荒蕪。草堂更有好田地,君去還多種幾株。

其　六

十載青雲共盍簪,西湖來往短長吟。壯圖翻作歸來賦,誰識杜陵報主心。

其　七

名滿江湖鄭繼之,半生辛苦只吟詩。今朝乞得歸山去,又向高山詠紫芝。

其　八

拂袖歸來日未斜,青門樓畔是仙家。從今誰復能拘束,散步階除看落花。

其　九

萬慮乾坤何處消,閩山雲水遠迢迢。賦歸正是清秋夜,四徹亭中品玉簫。

其　十

三疏入閩心迹高,柴門流水映山袍。通津門外無人到,君在崖邊置屋牢。

治農宿厓溪寺

治農辛苦過厓溪,路入都臺欲轉迷。因向禪林投宿晚,老僧臨發索留題。

山　行

山行屈曲路行斜,茆屋瀟疎竹暗遮。莫道林深無犬吠,天涯到處有人家。

芟　草

芟去繁枯掃淨塵,階前留得一番新。分明此理無人會,庭草不除亦有因。

賀中實弟得男

堪怪昨夜風雲惡,麒麟掣斷黃金束。天遣六丁追不還,直向君家出頭角。

贊

節推詹同僚節孝傳贊

有子誰死孝？有妻誰死節？江左詹氏門,妻子氣壯烈。抗逆雛,罹橫鋒,子赴母難頸濺血。揮毫欲寫節孝詞,毫毛未折心已折。當年遊宦未歸人,臨風聞此更嗚咽。古來鄭氏妻、卞氏兒,至今青史人稱説。

無爲居士贊

丹其顏,皤其髮。年踰耳順,氣槩壯烈。訓子宗寶燕山義方,事兄敦司馬家法。厭朝市塵囂,老林泉風月。噫,無爲居士豈潛德中之豪傑也耶！

淑慎孺人贊

貞靜純一,無非無儀。教子和丸資學,相夫舉案齊眉。母儀婦道,兩盡無虧。淑德懿行,女中之魁。噫,世之所謂賢母賢婦,舍淑慎懿人,其誰與歸?

說

長孫命名說

正德戊寅秋九月念四日,予寓杭,得接吾兒某家書,報道六月十五日得一男孫,今三閱月矣,尚未命名。予既得報甚喜。夫子生三月而命名,禮也。偶得良便,因命夏生,輒附回以名。翌日,偕留寅年丈,餞同僚華君擢黃州之行。連席坐間,因道小兒得孫,欲求命名之意。留遽應聲曰:名丁夏可也。予拍掌大笑,因道其所以,渠亦顧笑,舉酒稱賀。人心同然之妙,一至此哉!留良久曰:明會董都運壽甫公,試扣以命名云何?次日,扣董公,遂信口命曰:衍。以丁氏之後,自此益昌矣,乃復繼之以字曰:寶昌。予意以吾二人所命之名,不約而同,已不可易,而董公所命,又不可廢,今合而命之曰衍夏。蓋董與留皆一時名勝,且同官于杭,乃吾之所師而友者也。命名之義,各有攸當,兼而呼之,夫何不宜?此子養成,必有可觀者。庸言以俟,吾兒其識之。

附録一

温陵丁汾溪先生行狀

嗚呼！世途嶮巇，昊天不弔。汾溪先生雄才大志，低垂郡縣一十有五年，享年僅四十有九，令人有疑於天人之際，而委之於不可知也。然而，先生文章傳之於世，政事施之於官，立身行己，不屑不潔嘐嘐志古之人，而其自靖清白之操，達之邦家，聞之天下，信之於殁身之後矣。所惜者，未能得一日立之於朝，而陪廷臣之議，以究其所學也。先生諱儀，字文範。世居陳江之汾溪，學者宗之，而稱汾溪先生云。先生登乙丑榜進士，歷官四川提刑按察司僉事，卒於官，是以用不盡乎其志也。先生資稟英敏，所學多由心悟。師事田南山先生，盡得蔡虛齋先生《易》學之旨，而有發其所未及發也。讀書有得則喜，疾書于其本之上。人希其釋之明，而覽之便也，輒募新本與先生易之，先生不以爲吝也。蓋先生一次玩味，則一次而有新得；有得則復疾書，以是雖屢易而皆無病焉。嘗語于光曰：《易》闡天地陰陽之理，盡在於消息盈虛之間。消即爲長之漸也，盈即爲虛之本也。卦爻在人日用而不知，玩之而徒以辭求占焉，非善通《易》也。善通《易》者，視富貴貧賤、患難夷狄之值，盡在消息盈虛之中。彼用心汲汲以持其盈者，而口則言《易》，宜於《易》理之未盡解也。先生一生之所自期而樹立者，盡在於此也，豈徒言哉！先生論事慷慨。其於盤根錯節、人以爲難者，咸曰：余知之而不少讓。至於爲詩，則其音韻駸駸於大曆、元和之間，與方君棠陵、顧君東橋、鄭君少谷、董君璜溪，相與唱和，人咸比"建安七子"云。筮仕海寧，浙之劇邑。當逆瑾用事，其黨誅求郡縣無厭，先生每裁抑，以是得嗛，遷教浦江。先生浩然曰：吾得與群弟子相從事，而竊升斗之祿以養親也，綽乎其有餘矣。其爲教則不殊於居塾之時,日執經登堂訓解,必使敏鈍各獲其益。於經學之外,修身正家之訓諄諄懇切,士習丕變。督學使者至其境,深嘉其善速化也。改令黃梅,未閱月,而奔太夫人之喪。抵家廬墓,受徒自給。六遲李先生,鄉人稱曰古李也。慕先生,聘爲子師。服闋,移倅松江,以水利爲職。踏荒至鹽鐵塘,見萬畝汙萊,訝曰:何四傍有可耕之民,而中棄可耕之地也?召父老訊之,則曰築而輒圮,是以不得耕也。先生嘆曰:豈有是哉?吾家濱海,捍海爲田,厥土塗泥則甚於此,然且由之。既令民築,見傳土不法,曰是則然也,令家人歸取出土之器以爲式,親履阡陌,教之傳土,匝月告功。田遂可耕,夏潦秋潮,洶湧無壞。内翰儼山陸公子淵在告居家,言於觀風使者曰:東南守土皆如丁君,財賦倍於常時矣。昔年,即擢二守杭州。點閱畢鎮焉,潛通逆濠,人情洶懼,長官當代,故遲未至,事掌於先生。先生備禦多方,内以發畢之未萌,而畢爲戮;外以當濠之竊伺,而民安堵。于光過臨安,接四民,則曰:丁明府,神人也,不可欺也,是片言而折獄者也。接群士大夫,曰:公綽之不欲,子路之果合,爲一人者也。當道薦章交上。元相易公蜀人也,憂鄉寇之不靖,擢先生憲蜀以蒞之。先生行至江西豐城,不果往矣。先生純孝人也。父頤隱翁嚴而剛,先生事之,畦步不弛,其顔朝夕齋慄,惟恐有一息不當翁之意,其視聽每在於無聲無形之先。撫弟之孤不異所生,友諸弟雍雍肅肅。其歸豐城也,囊惟有書。嗚呼!宦遊一十有五年,官蒞兩郡兩邑,家無一壠之植。構室一區,廣僅逾仞,題其柱曰"居室,自爲苟完,廳事或言太隘"。其度如此,是以成其廉也。夫學見其大,言已膾炙于世;政成於果,廉足以全其名。哲人已逝,九原可作。于光不敏,謹叙其行之懿,以俟紀載君子采焉。

　　賜進士出身、徵仕郎、吏科給事中、前翰林院庶吉士、門生史于光頓首拜譔。

附録二

歸囊遺稿附録

丙申夏五榕垣院試事竣,已將《歸囊稿》付手民重鎸。迨回吳航學署,復搜得汾溪公《菊花圖》七絶一首,及當時諸公贈題,併贈《踏荒行》卷序詩若干首。亟登之,用見我公生前經濟事業,裨益國計民生,匪淺鮮也。族孫廷蘭再記。

菊花圖卷

菊花圖

莫爲西風向晚來,姿容如在底須猜。若從本草論功德,能使蒼生壽域開。

同年丁文範先生低迴郡縣垂二十年,庚辰
朝正以杭州至七月望南還,題以識別

陸深

千官拜舞辭龍樓,東南方岳多乘舟。我亦解纜張灣頭,誰其同者丁杭州。丁公平生事圖籍,手出新圖方九尺。云從内翰陸子淵,得自江湖異人跡。呼童展置大榻中,楚潭秋色生涼風。毫端暗奪花神魄,尺素横分造化工。臨圖搔首頓明目,不信人間有真菊。冉冉清霜筆外飛,摇摇白露燈前落。人言此花惟隱逸,重自陶潛賦歸日。松筠歲暮相望間,桃李春風不相識。此言尊賢則有之,極談未是花所資。乾坤摇落倚顔色,味與百姓支尫疲。論功論德遡本草,内翰雅與花相知。至仁及物貴遠引,何用苦苦憐開遲。澄湖漠漠天色白,隱隱青山隔江碧。高堂借取掛圖時,半夜龍吟風雨黑。

正德庚辰入覲,予與丁汾溪同舟發京師,
汾溪出此圖玩之。至武林,書以識別

白石山人林　魁

雨餘籬落添佳色,風入簾櫳遞晚香。最愛能紅更能白,開花都近御袍黃。

寧都董天錫

掃除濃艷出風神,憑仗丹青爲寫真。兒女紛紛憐世態,浪言秋色不如春。

姑蘇顧　璘

上林紅紫鬥春濃,獨領東籬寂寞容。欲問幽懷誰與共,淡霜殘月對芙蓉。

其　二

風流舊識陶彭澤,品格新傳范石湖。已謝高人同賞略,謾勞金粉寫新圖。

吳興陳　霆

淡紅濃紫淺深黃,等是幽葩各自芳。一種秋風分五色,百年佳節又重陽。
騷人夕飽非無向,野老長生信有方。不道東籬時竟晚,使君原自受風霜。

踏荒行卷 此卷現已遺失,僅於詩稿中存七律一首。

贈踏荒行序

禮部員外陶　驥

《踏荒行》者,松江郡倅泉州丁君文範之作也。同年陶驥讀之曰:其格高、其旨遠、其情深,有詩人之風焉,可以感矣。《十月》曰:"田卒汙來(萊)。"《柔桑》曰:"稼穡維寶。"古之人本之以忠厚惻怛之心,養之以正大剛直之氣,洩之以憫時願治之言,夫豈徒哉?《三百篇》後,作者稱唐人一二大家外,未有如杜少陵者,觀其憂國憂民之念,十詩嘗九。長慶中白太傅、元右丞專事平實,又自爲一家語。然越中唱酬,多其樓臺花木之勝,而無補於民瘼、治體之大,比之夔州、秦地之作何如也!今天下暵澇相仍,民多流亡,而江南凋瘵,視昔尤甚。仰

惟皇上遇災修省,屢下賑恤之詔,治農之吏,實未有奉行之者。丁君舉乙丑進士,清才苦節,有志天下,由黃梅令來倅吾松。凡其所聞者之廣,所學者之正,所籌者之熟,將於是乎大試顯設焉。必使沴者以平,饑者以足,逃逋者以安,以求無負於今天子任使之意。詩者,言其志也。其所自言者,非其所當自盡者哉。郡倅之務簡,仕學之日長,雖方駕杜陵可也,開響三百可也,豈止壓倒元、白而已。又進而成格天之功,妙動物之化,易災為祥,更歎為禮,聲音之道,於是為大。他日采詩之官獻之於廷,以備太平之雅樂,宣一代之人文,舍丁君其誰哉!故曰可以感矣。正德歲舍丙子夏五月上瀚序。

鄭善夫

雲間論正澤,潦水薄年荒。別駕勞民事,輶車歷水鄉。雨暘堪自爽,麟鳳永相望。何處傳詩句,秋風白髮長。

陶　驥

十年鴻燕迷塵迹,回首三山暮雲碧。故人海上恰相逢,一笑不覺烏紗側。松陵民瘼日相仍,君處其勞我當逸。導河日引春流深,踏荒愁併民懷極。琴鶴依依在歲寒,別駕臨安誰挽得。贈不折河橋折觴,願君聊展花前席。起舞自憐老氣雄,別離焉使中忘側。丈夫結髮矢功名,肯遣悠悠歲年逼。蒼生海宇本同胞,秦越未可分肥瘠。敬事先聖謨無以,素餐坐使譏不稱,忍聽吾民長大息。

吾友丁君文範以名進士歷官海寧、黃梅,及判松郡,所至有英聲茂績。予方以得佐自幸,而臨安之命下矣,無能挽留,爰次韻為贈行,且以著鄙懷之拳拳云

周　鶊

冥鴻萬里留泥迹,翹首吳天九山碧。東風隨處生春陽,廟堂心事憐幽惻。祝融為災民曰咨,屏星走恤安敢逸?烟塵草野井底枯,桔橰無功旱何極。食之惟艱其噭噭,秋稅當輸又安得。公才霖雨沛厥施,脫彼膏火即衽席。宣上德意蠲需科,田里帖然忘慘惻。白樵黃牧笑伊人,厖無夜吠誰能逼。乃知憂民自至情,豈若秦

肥視越瘠。培植基本裕將來,歲歲宜穮復宜耔,我感此義能不於公三太息!

寧都董天錫

襄帷歷墟莽,野望皆平田。三農廢耕澤,蔓草生晴煙。茫茫憶巨浸,生事已堪憐。云胡復汙萊,無間隰與原。饔飧尚不給,歲取況十千。菑來有感召,內省誰之愆。賢哉此別駕,恤隱及閭閻。盛暑不張蓋,循行阡陌間。依依向父老,慰問多温言。聖明重邦本,修竹如周宣。蠲復下恩詔,及此奉周旋。扶攜盡村民,爭拜使君前。使君且莫遷,願借終吾年。

附録三

山水音詩集重刊記

先祖伯衷瑾公,諱啓溥。萬曆間以明經科,官廣東合浦縣知縣,著有《山水音詩集》一部。歷年既久,篇帙散逸,兹因重刊其伯父汾溪公《歸囊遺稿》,因蒐得舊存計十九首。伏思衷瑾公生前大著,備載郡志,迺年湮代遠,版既朽蠹,書多闕略,撫卷流連,蓋不勝感慨係之矣。爰命長子寶森,詳加校對,併付重鎸,用見先人手澤於一斑云爾。

時在丙申端陽後四日,族孫廷蘭誌於吳航學署正齋之思補堂東軒。

山水音詩集

舟中偶興

日淡紅雲橫,江光天外清。垂綸偶興發,大手釣長鯨。

白蓮花

淡粧瑤池曲,瓊萼白雲觸。忽唱採蓮歌,祇應人是玉。

亭步驛

地僻喬松在,雲秋夏似秋。馬啼雲外迹,亂影望中修。掛月勾詩興,吟風散客愁。乘除千古事,若個不傳郵。

病起

涼雨滴殘更,孤燈滅又明。識隨年漸壯,道與病俱生。簡藥知元味,因秋悟世情。煙中瑤草發,天外喚龍耕。

新晴

白滿山頭綠滿疇,一車喜色雨初收。農人何處歸來晚,爲看溪雲帶水流。

賦得鷄聲茅店月

雲連遠岫掩柴門,斜印犀梳月半痕。行李瀟瀟忙去路,鷄聲猶自滿前村。

睡起

春風爛熳帳綃寒,香濕犁雲拭未乾。更有傷心夢斷處,一雙鸂鶒在闌干。

菊

一片淡懷付素琴，籬邊秋菊總知音。淵明酒債何多逋，黃滿枝頭不是金。

舟中即事

岸草汀花到眼繁，遙天高掛一帆痕。且將荷葉綠浮蟻，不管山頭啼斷猿。數帙詩編綃（消）白晝，一溪風雨助黃昏。舟人爲指泊船事，小狗高眠幾樹村。

滕王閣

雄風一夕送英才，高閣而今始覺崔。人恍天頭依日月，境疑蜃氣結樓臺。櫓聲帆影孤雲外，樹色山空一鏡開。回首當年思作賦，暮鐘煙裏漫相催。

岳武穆廟下作

彷彿旌旗萬木深，四時山色自蕭森。淒風苦雨當年恨，旭日朱霞一片心。事去忍聞身後衮，臺空猶凜帳中陰。古來多少遊人淚，滴入蒼苔何事尋。

七夕

歡聲不敵恨聲奢，別浦由來牛女家。鵲羽橋邊寒渡水，曝衣樓上暗生花。巧留蛛網風初動，影鎖雲帷月半遮。銀漢不知孤客意，一灣低瀉入望斜。

九日

故深秋色作重陽，婺女峰前青女霜。窗外竹聲清自嘯，籬邊菊意恥爲香。白衣不載當年酒，烏帽應飛何處岡。千樹堆霞紅一色，忍教此日不呼觴。

歸途述懷

花外鶯聲去日聞，歸來紅葉已紛紛。經年逢嶂舒青眼，到處開囊領白雲。

談況衹堪絃上譜,壯顏不傍酒中曛。昨宵猶作舊遊夢,寄語名山總憶君。

竹

緑野瀟然一逕通,琅玕千尺玉叢叢。疎煙斜入碧梧外,淡月半留曲檻中。龍過頻呼穉子錦,鶴來偏惹故人風。坐看萬尋摇摇處,掃卻長天暗色空。

春遊迴文

前村望合草芊芊,野曠長途晝似年。煙炊晚生紅日墜,釣舟横處白鷗眠。川平水色山迴繞,岫吐雲光樹接連。鞭策馬催時攬轡,先春賞屬景芳妍。

途中晚眺迴文

圖開景紫晚光浮,逸興清詩好盡搜。孤日落紅連暗樹,斷雲歸海接長洲。梧低月檻春巢鳳,竹裊煙林夕喚鳩。沽酒覓村前曳杖,呼歌長嘯客途修。

與友人小琰聯句

霜葉繪秋秋色醒_自,孤舟環遶小橋亭_友。千山似悔從前艷_琰,一水新涵別樣泠_友。月有主人應更白_自,眼逢學士愈當青_琰。明宵若作相思夢_友,應與閒雲到鶴汀_自。

釣臺

溪山傍得姓嚴彰,漢室夢梁片夢長。當日不知天子貴,而今猶説布衣香。孤猿流響層岩泠,行客共瞻繡嶺光。偶過釣磯烟雲起,先生原是水雲鄉。

校 點 後 記

《歸囊遺稿》，明丁儀著。

丁儀（一四六四——一五一二），字文範，晉江陳埭人，回族。登弘治乙丑（十八年，一五〇五）榜進士，歷官海寧、黃梅知縣，松江府丞，陞四川提刑按察司僉事。政務之餘，善吟詠。尤精《易》學，學者宗之，因其世居陳江汾溪，稱"汾溪先生"。

本集初刊於明嘉靖間，其侄丁自申作序。其族孫、清同治壬戌科舉人丁廷蘭於清光緒二十二年（一八九六）重刊並序之，子丁寶森校訂。重刊附錄丁儀《菊花圖》七絕一首，以及當時諸公贈題。附文有丁儀《長孫命名說》，門生吏科給事中史于光所撰《溫陵丁汾溪先生行狀》。收集重刊《歸囊遺稿》時，丁廷蘭父子同時集得陳埭明萬曆間以明經科官廣東合浦縣知縣的丁瑾《山水音詩集》詩計十九首，加撰《重刊記》，置於卷後。

丁儀詩作古雅清正，沉鬱大氣，卓然名家；丁瑾詩冲和平淡，清新自然，兩者可謂合璧。今點校再刊，相信對於弘揚詩教，啓迪後學，尤其對研究泉州回族文化、歷史應多有裨益。

此次校點，依丁廷蘭父子光緒刊本爲底本。

編　者

二〇二〇年九月

玉蘭館詩鈔

序

潘姊（下原缺），流艷千秋。女子□於□,曷奪其衷？哲人達乎（下原缺）。《周易》所以政大綱也,《曲禮》□□所以尊良範也,"雎鳩"之詠,《鵲巢》之章,足以咀嚼百家,網羅千古者矣。嗟嗟！世道寖衰,高風日馳,移風雅於山林雲煙,屏簪笄如灰塵草芥。貴焉者,瓊樓畫閣,矜奇靡,尚驕奢,習以爲常；下焉者,蔀屋窮簷,奔衣食,殉塵淬,眩然斯濫。面墻見譏,無術致誚,此我輩之所不免,夫賢者亦豈其然？乃若造化運機,曹大家之憲則；山川萃秀,徐惠妃之表疏。傾肝膽之私,良有以也；剖性情之至,豈徒然哉！左貴嬪之高華,清芬琬琰；鮑令暉之奇瑰,流麗縹緗。近代如守宫論石齋詩,滯月迴風,項蘭貞之《裁雲草》；雕花叠彩,徐小淑之《絡緯吟》。玉蘭館詩章,明雲窗小句,琤琤戛玉,泠泠敲金,下足以抒發愚矇,上庶得昭彰名教,斯爲美矣。

遐思玉蘭館,朝幽明雲窗,夕麗遲月簾,余盟姊讀書處也。姊潘姓,燕［卿］其字。瑶島神姓,朱門徽懿。婉（下原缺）雅致,加以聰慧絶倫,妙悟無匹,載芬載馥,夢（下原缺）希聖希賢,凝露華□□濡彩□□左轄閨（下原缺）保庭蘭誇競爽。（下原缺）穢（下原缺）鬢怳（下原缺）爲裙（下原缺）,居稱孝焉。鄉黨有□□然其處境穆如,而遥吟□□□風然而揮□長歌,矧無意□□猶自□□籟。不待思索,如一片宫商□□。景慕才華,請傳業於絳帳；叨蒙淑愛,洽神契如金蘭。蘋藻之暇,□煮茗以相過；觚翰之餘,共焚香而印證。知其性厭繁華,胸消鄙吝。解禪理而不滯色空,晰言詮而渾融蹊徑。散法藏芬陀,標香盦水鏡。嗟嗟！每縈塵情,向平之願未畢；頓□彼岸,龐女之日已中。名實無求,是知矣,達有後,文章久厭,但恨未見昔人。有女淑矣,蘭遺芬,而見屬弁首。自慚固陋,□操觚而率爾。揚休感激高情,渾忘鄙忒。載頌潛德,聊幾希萬一；所集餘稿,而

177

僅得二三。曷勝嘆惋,靡任悲御。然而詠月題春,不數六朝金粉;懷親示女,參取三百淵雯。固已堪稱作者,庶亦無愧古人。寸珪識寶,一勺知源。爰付諸梓,以傳詩史。

　　崇禎丁丑年春王正月,盟姊郭宜淑解卿拜書於淵淵處。

目　　錄

序 …………………………………………………… 郭宜淑　177

玉蘭館詩鈔 …………………………………………………… 183
五言律詩 …………………………………………………… 183
清齋夜話 …………………………………………………… 183
啜新茗 …………………………………………………… 183
春日嫁女(缺第二首) …………………………………………………… 183
佚題(原缺) …………………………………………………… 183
春日苦寒,喜老尼師覺林相過,爲說楞嚴經 …………………………… 183
答解卿惠端午彩勝 …………………………………………………… 184
答解卿夏日有懷 …………………………………………………… 184
初秋過女尼香林禪室 …………………………………………………… 184
秋夜(原缺) …………………………………………………… 184
示女(缺第一首) …………………………………………………… 184
寄女 …………………………………………………… 184
懷解卿 …………………………………………………… 184
讀解卿詩卻寄 …………………………………………………… 185
贈解卿(原缺) …………………………………………………… 185
即事 …………………………………………………… 185
夜景 …………………………………………………… 185
晚眺 …………………………………………………… 185

春夜聯句 …………………………………… 185

　　夏日 ……………………………………… 185

七言律詩 …………………………………… 186

　　遊半嶺巖 ………………………………… 186

　　詠木筆花 ………………………………… 186

　　詠竹 ……………………………………… 186

　　碧桃(原缺) ……………………………… 186

　　試新茗 …………………………………… 186

　　玉繡球花是日新栽 ……………………… 186

　　白蓮花 …………………………………… 187

　　踏春次解卿韻 …………………………… 187

　　踏青(原缺) ……………………………… 187

　　春日過瑤華書院 ………………………… 187

　　春日郊遊 ………………………………… 187

　　上巳觀燈得春字 ………………………… 188

　　仲春 ……………………………………… 188

　　□□即事 ………………………………… 188

　　秋夜懷人 ………………………………… 188

　　寄兄浙東 ………………………………… 188

五言長律 …………………………………… 188

　　端午觀渡 ………………………………… 188

　　賦得山雨欲來風滿樓 …………………… 189

五言絕詩 …………………………………… 189

　　春景 ……………………………………… 189

　　夏景 ……………………………………… 189

　　秋景 ……………………………………… 189

目錄

十八洞秋意 …………………………………… 189

七言絕詩 …………………………………… 190
 贈姒卿花燭 …………………………………… 190
 早春初月 …………………………………… 190
 詠梅 …………………………………… 190
 暮春即事(缺第一首) …………………………………… 191
 芳郊即事 …………………………………… 191
 玄亭百尺 …………………………………… 191
 曲院南薰 …………………………………… 191
 茆亭觀稼 …………………………………… 191
 三臺霽色(原缺) …………………………………… 191
 萬壑松濤 …………………………………… 191
 綠槐昏鴉 …………………………………… 191
 早梅春信寄解卿 …………………………………… 191
 暮春(缺第三首) …………………………………… 192
 贈解卿花燭 …………………………………… 192
 寄解卿 …………………………………… 192
 花朝 …………………………………… 192
 悼姒卿 …………………………………… 192
 暮春 …………………………………… 192
 寄外 …………………………………… 193
 詠荷花美人圖(缺第一首) …………………………………… 193
 賦得木蘭從軍 …………………………………… 193
 聞笳(原缺) …………………………………… 193
 詠瑞蓮 …………………………………… 193
 寄杏花 …………………………………… 194

詠蓮 …………………………………………………… 194

　　秋夜懷人 ………………………………………………… 194

　　秋景(缺第一首) ………………………………………… 194

　　春雨(缺第三首) ………………………………………… 194

　　塞下 ……………………………………………………… 194

　　懷親 ……………………………………………………… 195

　　夏景 ……………………………………………………… 195

　　即事(原缺) ……………………………………………… 195

　　秋景 ……………………………………………………… 195

　　春日招看海棠有感 ……………………………………… 195

　五言古詩 …………………………………………………… 195

　　嫁女 ……………………………………………………… 195

　　憶姒卿(原缺) …………………………………………… 195

　　夷齊(原缺) ……………………………………………… 196

　七言古詩 …………………………………………………… 196

　　菊花行挽黃愈嫣，次郭解卿韻 ………………………… 196

　　贈龔門李貞卿 …………………………………………… 196

　　壽袓姑(原缺) …………………………………………… 196

　　憶姒卿 …………………………………………………… 196

　　清源十八洞長歌(原缺) ………………………………… 196

　　詩餘 ……………………………………………………… 197

跋 ………………………………………………… 佚　名 198

校點後記 …………………………………………………… 199

玉蘭館詩鈔

五言律詩

清齋夜話

明鏡飛空上,清霜碎碧林。瑤琴湘水韻,玉笛梅花音。俊子千秋氣,幽人一片心。獨然天地闊,談笑悟機深。

啜新茗二首

瑞草魁春勝,佳山綠起雲。仙葩天外得,雪片雨前分。石鼎聽松沸,金甌湧鳳紋。西疇風月好,相與啜奇芬。

其二

雷雨當春候,英華得氣先。鳳山飄瑞雪,龍焙出深煙。韻擬金莖露,香分石寶泉。詩魂頻喚起,清遠欲飛仙。

春日嫁女二首（缺第二首）

淑女于歸日,春風桃李天。玉釵輝寶鏡,銀燭映華筵。五色鴛鴦綺,同心鸞鳳箋。明珠兼美璧,雙照畫堂前。

佚題（原缺）

春日苦寒,喜老尼師覺林相過,爲説楞嚴經

只道春光暖,安知寒轉添？焚香頻擁火,黯坐不開簾。雨色含芳樹,冰花冷畫簷。相過賴有爾,一爲説楞嚴。

答解卿惠端午彩勝

投我新詩句，飄然逸思閒。煙絲生素手，雲錦若爲顔。想象清華外，傳情縹緲間。知君懷意遠，欲採沅湘蘭。

答解卿夏日有懷

邇來成懶僻，幽事日疏慵。喜接琅玕句，深知雅意重。花思蘭作佩，人想玉爲容。真可擬清夏，歸雲欲起峰。

初秋過女尼香林禪室二首

愛爾禪棲處，幽深山水中。相看過石室，同坐聽松風。遠俗塵心靜，清言覺路通。浮生如幻夢，雲影淡秋空。

其 二

別君經一載，□意近何如？不見玉人面，空懷錦字書。春光當眠媚，柳色正眉舒。此際□□□，隨時好寄餘。

秋 夜（原缺）

示 女二首（缺第一首）

憐爾年尚少，世情未諳知。伊人貴淑德，君子重威儀。驕妒非吾習，華奢豈汝爲？閨門調琴瑟，風化始關雎。

寄 女

欲寄家中信，先書教女篇。問安朝早起，伴讀夜深眠。教敬事姑意，任情莫爾偏。雲山千里外，數語片心傳。

懷解卿

意氣投心結，相看恨始平。詩同冰雪韻，人比玉花清。日照春衣麗，風來燕語輕。萋萋芳草綠,長是憶君情。

讀解卿詩卻寄

筆雋映朝霞,風初綠萼花。有懷長夢寐,無念不蒹葭。謝女才難並,衛娘字轉佳。幾爲耽勝句,倦整玉釵斜。

贈解卿(原缺)

即　　事

無奈風煙暮,紅□繞砌香。□□□不盡,隨處競□□。吟句酬春色,看花散日長。竹凉□□影,瀟灑讀書堂。

夜　　景

不睡因佳夜,坐深景倍長。暗香生桂樹,秋色在芙蓉。雲盡天中月,風開山外峰。嬋娟如有意,清遠向人容。

晚　　眺

山雨林間潤,晴開夕照餘。疏花當幕入,綠竹印窗虛。天外鐘聲晚,雲間雁影初。坐憐風景暮,幽意欲何如?

春夜聯句

芳露濕蘭叢,微吟步遠風。樓高山影入,簾短月明通。翠色飛來爽,鐘聲韻與同。快談渾不寐,遐思繞長空。

夏　　日

夕晚多幽趣,晴光倍爽神。飄飄雲景異,灼灼暮花新。凉入風坐榻,天空月照人。□衣清夜籟,坐看密星辰。

七言律詩

遊半嶺巖

層臨一望碧霄空，萬里江川照眼同。山容色動兼天遠，水韻音清破石通。逍遥欲暮林間日，幽賞最然松下風。斜陽半度歸僧晚，幾處晴雲鎖樹紅。

詠木筆花

幽窗睡起對清芬，曉日晴開籠彩雲。天上傳來花作筆，人間應解錦爲文。似教憐韻回才子，欲寫端書識聖君。漫道奇香生上苑，春風樹裏最高聞。

詠竹

凌風堤上綠琅玕，片片清猗映露溥。爲愛玲瓏飄暮影，時將翠袖倚天寒。玉簫聲徹懷仙子，湘水春深想珮珊。有日飛騰雷雨沛，化龍直上碧雲端。

碧桃（原缺）

試新茗

名山午放雨初新，款款□□氣度真。色想綠雲明遠岫，清同碧玉麗芳春。松聲聽處堪生韻，香概飄時欲爽神。品勝風前誰第一？凌空藻思有伊人。

玉繡球花是日新栽四首

新花初種玉光微，遠色看來韻也稀。香徑春深煙靄靄，疏簾暮捲影霏霏。湘娥海上拾珠渡，素女雲頭洗月歸。好把名花高自撫，會須霄漢竚清輝。

其二

東風斜（料）峭散香衙，珠樹琳瑯正報花。隻影祇今偏賞爾，沅湘思昔未生他。芳樽聯可酬佳景，好句何妨詠素華。曉雨乍收煙乍斂，數枝遥映碧天霞。

其　三

無數芳菲欲暮天，庭階又喜植嬋娟。晴雲掩映雕欄外，麗日光生翠袂前。爲譜清香供翰苑，更憐高韻寫鮮妍。向來滿樹英英發，疑是漢霄降□仙。

其　四

球花每欲給花圖，□價□□明月珠。總是春風披繡綵，若爲秋水映冰壺。傳來清□神□礙，看到霏微色也無。見說倚雲推獨擅，瓊瑤細剖未應輸。

白蓮花二首

一水田田得所真，溯洄宛在想精神。以兹素質能高世，視彼紅顏總媚人。玉井峰頭花有譜，碧蘭葉裏酒無塵。世間多少稱君子，誰是疏泥不染身？

其　二

亭亭素質出天真，雪想丰姿玉想神。漫擬楚江裁賦客，還思漢水弄珠人。香飄曲檻初收雨，影隔珠簾迥絕塵。管領薰風頻入座，望中誰解一枝新？

踏春次解卿韻

零雨初收霽色天，雲光遙映繡堂前。每緣勝事關心愫，幾盡芳樽對綺筵。朵朵晴花含日影，絲絲垂柳囀鶯弦。東皇漫遣春歸去，一任詩人賦錦篇。

踏　青（原缺）

春日過瑤華書院

霽雨初收淑氣芳，關關鳥語報春光。尋幽偶過瑤華館，載酒何妨繡佛堂。拂檻花枝紅照眼，當窗樹色綠侵林。也知未得偕龐隱，莫作顛人學太常。

春　日　郊　遊

一春風雨幾多迴，此日登臨霽色開。雲影飛歸明畫棟，水花吹潤濕香埃。岩嶢山色連天起，瀲灩江光入望來。莫遣芳菲容易暮，相將好共泛深杯。

上巳觀燈得春字

清時勝事樂斯民，景物繁華氣度新。正喜鶯花逢上巳，更張燈火照暮春。氤氳玉采含香雨，縹緲珠輝映麗人。海外妖氛今報捷，尊前莫厭酒杯頻。

仲　春

節近清明晝景遲，簾垂香霧靄霏霏。風光撲面濃於酒，花氣薰人欲上衣。隔□□眠□□□，當階草色雨添肥。吟情倒被春勾引，更倚高樓□□□。

□□即事

旭日香芳□□氛，靜眠□□獨深聞。花明錦樹聽鶯語，夢繞春山想鶴群。雨過石嵐澄美景，煙開木筆點晴雲。一春多半為關病，祇有東風問草文。

秋夜懷人

晴空雲斷月初華，疏影流光照碧紗。愁意秋風來耳畔，懷人此際轉思遐。閒題錦字情難遣，頻剔銀釭悶更加。極目淒涼心萬里，今宵和夢到天涯。

寄兄浙東

鶺鴒飛去別為居，何事西方音信疏？浙水幾過芳草暮，故園又負菊花餘。喜因驛使傳消息，來作封緘托鯉魚。縱是雲山千萬里，亦須相寄數行書。

五言長律

端午觀渡

令節逢端午，梅天雨乍收。江光明畫舫，雲氣擁朱樓。萬象澄空靄，千峰接翠綢。採香南浦外，灑袂大堤頭。嵐影迴清照，歌聲聽隱悠。移船緣樹引，倚棹

趁風柔。之子聯翩集，佳人結隊遊。嬌妝吳態度，從容楚風流。（下原缺）

賦得山雨欲來風滿樓

飄忽青山外，晴嵐□□初。天連霧影合，樓□翠光虛。急鳥爭飛渡，歸雲漫捲舒。迴欄數牽袂，入榻幾翻書。芳氣花間發，塵埃草際除。微濛輕灑幕，翩拂欲侵裾。遠意供揮翰，高情欲起予。徘徊頻眺望，臨檻聽清渠。

五 言 絕 詩

春　景二首。

春草綠萋萋，鶯聲隔樹啼。斜陽煙柳外，掩映畫樓西。

其 二

雨霽山亭翠，風來天際凉。花開似欲笑，枝頭帶水香。

夏　景

寂寂小窗清，煙開夏景明。斜陽初過雨，風送一雷聲。

秋　景二首。

河漢清如洗，星疏幾點浮。風聲一院灑，月色滿庭秋。

其 二

梧桐聲驟急，落葉舞高秋。夜靜飛鴻雁，天空斷斗牛。

十八洞秋意八首。

散逸煙霞外，登臨躡巚巔。方知塵世內，別自有洞天。

其 二

鑿石偏成洞，栽松欲拂雲。境深人語靜，幽鳥欲相聞。

其　三
最愛秋容淡，群峰洗雨開。風聲何處至？爽氣自西來。
其　四
石閣宜清賞，雲窗好著書。自然幽意豁，臨眺亦躊躇。
其　五
峭峽聽泉響，疏林看叢飛。松蘿初過雨，蒼潤欲侵衣。
其　六
探奇最上頭，拂石坐高處。碧落秋意多，山雲自來去。
其　七
片雲天際倚，諸相靜邊空。此意孰能解？閒雲流水中。
其　八
郊野杳何際？大觀成勝遊。原將無限意，再上一層樓。

七言絕詩

贈姒卿花燭二首。
依依柳色弄春姿，繡戶紗窗雲影垂。好是同心相帶綰，新詩清譜入關雎。
其　二
時將彤管點朝霞，旭日氤氳上碧紗。猶勝月梅清夜景，階前共種合歡花。

早春初月二首。
影入梅花月有神，開簾又見一番新。誰把玉鈎雲外倚？應爲滄海釣鰲人。
其　二
耿耿天頭弄彩姿，清光直射斗牛馳。瓊瑤自鑒當空影，不獨香閨譜畫眉。

詠　梅
風塵不染寒花心，絕世歌詞自賞音。珍重東皇推首占，一枝春曉出瓊林。

暮春即事二首（缺第一首）。

兀坐小窗春晝長，飛來花片襲衣香。相思無那人如玉，卻寄芳情語夕陽。

芳郊即事

江天曉色遠亭陰，春鳥幽啼草樹深。萬里風聲松韻古，山川不盡望中心。

玄亭百尺

繇來衆妙道無邊，雨送天花說法筵。縹緲亭間流影幻，主人惟有片心玄。

曲院南薰

雲度院虛爽氣和，飛飛蛺蝶傍人多。數絃理罷北窗臥，驚起鶯聲柳外過。

茆亭觀稼

科頭瀟散不爲容，一枕琴書欲砭慵。學得西疇耘耔意，茆亭數頃足三農。

三臺霽色（原缺）

萬壑松濤

松風謖謖下巖阿，萬壑濤聲入小波。調調刁刁天籟發，任教人想玉鳴珂。

綠槐昏鴉

綠樹陰濃不俗家，夕陽斜照帶棲鴉。黃昏獨自理香篆，鼓吹猶聞數部蛙。

早梅春信寄解卿

料峭聲光又一時，夢回春色早相遲。欲尋雋永空天句，白雪同心想得知。

暮　春三首(缺第三首)。

二月春城花正飛,青梅如豆雨霏霏。日長最喜尋芳去,拾得辛夷香滿衣。

其　二

黃梅熟處雨纖纖,風送輕花落短簷。綠暗紅稀春事晚,日斜飛燕度湘簾。

贈解卿花燭二首。

流蘇暖帳禦春寒,寶篆香消玉漏殘。鳳燭更添新景艷,不關月色上雕欄。

其　二

春窗月曉曙雲明,花影珠簾景色清,閒檢花箋裁玉句,好風又報早鶯鳴。

寄　解　卿

碧桃花下吟君詩,遠意相憐惜別時。無限春風吹綠草,教人何處不相思？

花　朝

新枝如畫遠樓臺,紫碧晴明相映開。更有美人揮彩翰,也應□□為伊栽。

悼姒卿三首。

風送瀟林寒色侵,斯人不見我傷心。空餘錦紙書芳句,提起蕭然淚滿襟。

其　二

□□飛去路迢迢,不見人間問寂寥。想與麻姑長作伴,洞庭月色□□□。

其　三

卻憶風流謝韞才,奈何□樹空塵埃。獨悲世上英人少,紅淚無停染綠苔。

暮　春二首。

獨立東風樹影斜,憑欄閒自數飛花。不知春色歸何處,日落長天散暮霞。

其 二

雨過空階草色佳，飛飛燕子度庭斜。瑤琴幾憶風前調，無限春思倚落霞。

寄 外二首。

夜静天空懸玉盤，相如善病幾時安。堪憐有意今宵月，可惜同心不共看。

其 二

欲作詩篇灑韻遲，春風何事冷凄其？吟成總是思公子，芳草菲菲綠水湄。

詠荷花美人圖二首（缺第一首）。

儂家住在若耶溪，綠樹陰陰一帶齊。見說湖中蓮正發，移船輕過畫樓西。

賦得木蘭從軍四首。

擊鼓催鋒夜渡河，旌旗遙插海天高。雲鬟不作烏鴉妒，欲向邊庭枕大刀。

其 二

十二年來卧草坪，烽煙處處築壘營。秋風寒柝悲夜月，破敵由傳娘子兵。

其 三

玉關伊唱別離遥，最是佳人解射雕。眉黛豈憐楊柳色，壯心自逐劍花飄。

其 四

旌旗出塞陣雲高，馬上秋風吹戰袍。掃卻煙塵平胡虜，十年不離手中刀。

聞 笳（原缺）

詠瑞蓮二首。

西方瑞氣特飛來，故遣芳蓮幻化開。自是靈根元有異，莫將仙品比凡材。

其 二

誰是當年用意深？遠師結社住雲林。須知喚醒雙明眼，看取中間不染心。

寄杏花

林園春色喜輕盈，片片明霞倚日生。遙折一枝相寄贈，東風傳插玉壺清。

詠蓮

水碧煙容綽耐寒，時將綵筆品芳顏。爲憐遠趣紅衣韻，好是風初倚玉環。

秋夜懷人

綠庭煙雨喜初收，松竹霏霏月影浮。況是懷人秋色裏，相思欲上最高樓。

秋景四首（缺第一首）。

其二
秋聲昨夜到梧桐，□□初飄一葉風。曉起登臨時極目，白雲山色有無中。

其三
旭日幽芳淑氣氳，寂寥書館獨深聞。一春多半爲關病，那有東方玄草文？

其四
夜色清幽畫一圖，片雲吹斷遠星疏。懷人此際情無恨，萬里天空洗玉壺。

春雨四首（缺第三首）。

惆悵春光夢裏歸，小亭風起落花飛。無邊雨色瀟瀟長，綠遍林頭枝正肥。

其二
青青梅子遍枝頭，□芷開時落似秋。寂寞閒庭聞鳥語，淡雲微雨滿天愁。

其四
憑倚湘簾日夕燻，飄飄風起送浮雲。春天暮雨如潮急，打盡梨花不忍聞。

塞下

芙蓉劍倚碧天秋，聞道邊城戰未休。朔氣嚴侵金甲冷，月明獨夜照刀頭。

懷　親二首。

徘徊一望遠山分，幾度思親對白雲。西風忽送梧桐雨，故向愁人靜裏聞。

其　二

一別親幃半載餘，遙看鴻雁悵無書。年華暗逐秋將老，何日殷勤問起居？

夏　　景

向晚清凉閒院侵，□□山色更新陰。夏雲不畫奇峰影，坐對青天慷慨心。

即　事（原缺）

秋　景二首。

蕭蕭銀草灑清秋，不盡雲飛碧玉流。忽聽綠蟬頻響樹，滿庭□□夕陽收。

其　二

天風一夜舒玉梅，幾對煙花意欲開。深院誰將羌笛引？冰娥雲上卻飛來。

春日招看海棠有感

輕雲和日暖窗紗，抱病懨懨負歲華。自覺近來憔悴甚，臨風羞對海棠花。

五 言 古 詩

嫁　　女

穠矣桃李華，如今桃李實。阿女（母）手簪花，教之學文質。婉事陳家郎，好逑汝其匹。所願爾于歸，靜調琴與瑟。雞鳴問味旦，堂上門（問）盥櫛。威儀或棣棣，戒之勉勿失。

憶姒卿（原缺）

夷　齊（原缺）

七 言 古 詩

菊花行挽黄愈嫣，次郭解卿韻

聞君西去淚珊珊，滄海珠沉月色寒。化蝶亦知身是夢，繁華總作浮雲看。緣階菊色獨停竚，況在懷人忍對此。臨風幾度想清言，恍惚今生成古語。幽香無賴若爲猜，感物悲秋强自裁。欲寄茱萸供子佩，忽驚鸞鶴駕仙臺。碎琴無限傷心憶，雲滯九嶷峰外碧。去□芳魂□□招，爲傳青鳥覓消息。蓬萊頂上麻姑仙，三見飛綠劫□緣。玄玄色空皆不異，靈光一覺定安禪。

贈龔門李貞卿

柏舟千古説貞姜，映世瓊姿霜雪腸。一自明珠分合浦，翠眉不作遠山妝。秦樓月暗簫聲歇，獨夜空房詠鴻鵠。遥思鼓瑟泣湘靈，洞庭有淚滿修竹。天上飛來萼緑華，冰心皎潔玉無瑕。從容扶義稱難得，況是名賢宰相家。光陰瞬息隙駒過，日向菩提理工課。雲間爲製□□□，相逢總在蓮臺座。

壽袓姑（原缺）

憶　姒　卿

高飈颯颯吹衣急，暮雨飄來半窗濕。此時爲念泉下人，思之黯然情何極！忽憶去年西風前，芙蓉秋色共清妍。與子争折分枝藕，徘徊對笑意翩翩。嗟哉世事祇如此，又是於今作古語。錦字空餘有幾行，新詩留下一卷許。嚴霜向夕碧海催，斯人一往不復來。悲心無那揮長句，令我懷傷柳絮才！

清源十八洞長歌（原缺）

詩　餘三首。

風打芭蕉不耐春，叮嚀點滴度更聞。銀釭挑盡玉釵墜，何處鐘聲逐碧雲？

其　二

無限意□掩柳門，斷腸總是憶王孫。瀟湘夜雨情多少，極目相思繞夢魂。

其　三

梨花庭院日重陰，曉起尋芳花已深，垂柳飄揚綠嫩金。　悠悠清露濕香履，冷冷東風吹繡襟，怎奈春歸杜宇音！

跋

佚 名

潘燕卿,字玉壺,晉江人,明解元、方伯潘洙女,同邑蘇文昌妻也。

文昌字龍華,後號何蘇,爲石水太傅長子,崇禎壬午順天舉人。博極群書,留心經世之學,黃東厓、蔣八公二相國雅推重之。甲申國變後,無意當世,佯狂憔悴,穨尾江淮間,比於勝國孤臣沿門乞火意,如是者十餘年。羈旅中,野叟市童、婦人女子,無不知其爲蘇晉江也。無所遇,乃歸里,息機空門,旁綜內典。築瑶華書院,居其中,屏跡世外,於天下事若茫然無所解。偶有著作,儒生家不能道其隻字。將歿,能預知死期,年七十六卒。著有詩文集,藏之家。

燕卿工詩,著有《玉蘭館詩草》行世。

校 點 後 記

　　明代泉州閨閣詩人潘燕卿所著《玉蘭館詩鈔》,又名《玉蘭館詩草》,存詩詞一百二十多首。該書由潘氏之女蘇鳳編輯,閨友郭解卿(宜淑)校閱並作《序》,於明崇禎十年(一六三七)抄寫傳世。現據以點校的爲蘇大山紅蘭館手抄本的影印件。因歷有年所,書蟲蛀蝕,殘損甚爲嚴重,脱句缺字,比比皆是,其中脱漏難以補綴成篇者達二十餘首。缺漏少者,以□表示,有些方框中間所填上的字詞,乃據殘存筆畫並聯系上下文意揣度填補;缺漏多者,則在括號中注明"下原缺"。蒙文史專家廖淵泉幫助,對漫漶脱漏處做了一些搶救填補工作,又補編目錄並代爲謄寫全書。謹此致謝!

　　潘燕卿事跡見載於清道光《晉江縣志》卷六十七《列女志・名媛》:"舉人蘇文昌妻,字燕卿,方伯洙女。性柔淑,能詩,著有《玉蘭館詩草》,女鳳輯以行世。同時有郭煒妹宜淑,嘗與燕卿結詩社,别見《貞節傳》。又有蘇氏姒卿者,亦有詩集,燕卿爲之作《序》。"潘氏又字玉壺,號冰壺,泉州府晉江縣筍江(今屬鯉城區浮橋鎮)人。其祖母郭氏"於文史無不徹通",曾作詩勉潘氏之父洙云:"願子爲官廉以德,殊勝斑衣舞老萊。"潘洙,明萬曆十六年(一五八八)戊子科解元,十七年進士,官至布政使。"所至不攜本土一物,不妄取民間一錢",税收除上繳朝廷外,悉貯地方官庫。潘燕卿家翁蘇茂相,萬曆十九年舉人,二十年連捷成進士,累官户、刑二部尚書。其夫蘇文昌乃蘇茂相長子,中崇禎十五年舉人,官教諭。明清易代後,"無意當世,佯狂憔悴","徜徉江淮間十餘年",後歸里,息機空門,屏跡世外。

　　潘氏詩集,内容多爲吟風弄月、閨友唱和、抒懷寄意等。同我國古代許多婦女一樣,平日深居閨中,生活空間窄小,眼界不寬,視野有限,詩歌題材受到較大制約。郭解卿《序》中謂其"瑶島神娃,朱門徽懿","性厭繁華,胸消鄙吝","聰慧絶倫,妙悟無匹",稱其詩"琮琮戛玉,泠泠敲金,下足以抒發愚矇,上庶得昭彰名教",評價頗高。詩風温柔敦厚,清新自然,語言曉暢,情意深摯。集末有"詩餘"三首,不標詞牌。考之龍榆生《唐宋詞格律》及賴以邠等《詞學全書》,前二首爲七言絶句體仄起式《浪淘沙》,或稱之爲《楊柳枝》第一體;後一首則疑似《浣溪沙》。

編　者

二〇二〇年四月

圖書在版編目(CIP)數據

汗漫啥：外三種／（明）張之奐等著；陳煒等點校. —北京：商務印書館，2023
（泉州文庫）
ISBN 978-7-100-21884-9

Ⅰ.①汗… Ⅱ.①張… ②陳… Ⅲ.①中國文學－古典文學－作品綜合集－明代 Ⅳ.①I214.82

中國版本圖書館 CIP 數據核字（2022）第 236120 號

權利保留，侵權必究。

責任編輯　閻海文
特約審讀　李夢生

汗漫啥（外三種）
（明）張之奐等　著

商務印書館出版
（北京王府井大街36號　郵政編碼100710）
商務印書館發行
山東韻傑文化科技有限公司印刷
ISBN 978-7-100-21884-9

2023年3月第1版　　開本 705×960　1/16
2023年3月第1次印刷　　印張 13.25　插頁 2
定價：88.00元